Pierre-Jakez HÉLIAS

BRETONISCHE ERZÄHLUNGEN

Fotografien : Dominique LE DOARÉ

Deutsch von : Elke PENNEC

Éditions d'Art Jos Le Doaré

29150 - CHATEAULIN

Zu ihrer Jugendzeit hielt man abwechselnd in jedem Haus ihres Weilers Nachtwachen.

DER FEUERHOLZSCHUH

Die Zeit der Kienspäne war in der Bretagne schon vergangen und doch sah man dort noch alte Weiber über die Wege des Landes und durch die Strassen der Ortschaften ziehen, die in der Armbeuge vorsichtig einen alten Holzschuh trugen, aus dem kleine Rauchschwaden entwichen. Oft hatten sie den ganzen Tag in den Feldern anderer gearbeitet und sie brachten so Glut mit zurück, um ihre tagsüber verlassenen Häuser zu erwärmen, Glut die von einer reichen Feuerstelle kam, die am hellen Tag brannte. Denn Zündhölzer waren noch zu teuer für sie, die sie jeden Pfennig wendeten. Auch „lieh“ man sich Feuer untereinander als Zeichen guten Einvernehmens und angenehmer Gesellschaft. So wie man sich auch Sauerteig zum Gehen des Teiges auslieh.

Die alten Weiber hatten Kiefernadeln in den Wäldern aufgelesen. Davon hatten sie einen guten Vorrat zwischen der Bank und der Kaminecke. Wenn sie die Glut in dem Holzschuh mitbrachten, genügte eine Handvoll Nadeln und einige Holzscheite, um gleichwohl zu wärmen und zu erhellen… Das Feuer allein war ein Segen.

Ich bin manches Mal glühende Holzscheite für die alte Marie-Jeanne Bourdon holen gegangen. Wenn ich meine Kuh auf die Weide gebracht hatte und zurückkam, hielt sie mich auf dem Weg an. „Kleiner“, sprach sie zu mir „stellt Euch auf meine Schwelle und beobachtet gut die Kamine. Raucht einer davon, dann geht stracks hin und zeigt den Holzschuh“. Niemals hat man mir Feuer für Marie-Jeanne verwehrt. Einmal kam es sogar vor, dass ich ihr eine Prise Tabak für ihre Pfeife mitbrachte. Hatte sie ihr Feuer angezündet, so wärmte sie ihre alten Hände darüber und immer seufzte sie : „Jetzt fehlt mir jemand zum Märchenerzählen“. Aber die grossen Erzähler, deren Namen sie nannte, waren schon tot.

Zu ihrer Jugendzeit hielt man abwechselnd in jedem Haus ihres Weilers Nachtwachen. Für die Wirte gab es keine andere Ausgabe als das Feuer. Die Hausfrau kehrte ein bisschen früher vom Feld zurück. Sie ging Glut beim Bäcker an der Wegekreuzung holen. Sie entzündete das Feuer, legte Holz auf, bis ein Glutbett entstand, das genügte, einen Eichenstumpf zu entflammen, den ihr Mann schon seit langer Zeit in einer Ecke der Feuerstelle getrocknet hatte. Jener Stumpf brannte mit kurzen Flammen einen Teil der Nacht. Die Anwesenden sassen eng drumherum, um den Märchen zu lauschen. Waren die Märchen zu Ende, so war er bloss noch ein rotglühender Block, von einer rissigen Aschenrinde eingefasst. Der Hausherr zerschlug sie mit einer alten Hacke und verteilte die heisse Kohle unter den Anwesenden. Die einen hatten ihren Feuerholzschuh zum Mitnehmen ihres Glutanteils dabei. Den anderen war es angenehmer, bei trockenem Wetter und mondheller Nacht, einen Holzschuh vom Fusse zu ziehen, um die Glut zu erhalten. Die gingen humpelnd nach Hause und man hörte sie in der Nacht lachen, denn sie mussten das Feuer zwischen der Schuhspitze und dem Absatz hin und her schütten, wie ein „Kyrieeleison", um den armen Holzschuh nicht zu versengen. Dies war nicht immer einfach. Am nächsten Tag zeigten sie ihn, innen ganz versengt, ihren Freunden und schworen, nie mehr kalte Füsse zu bekommen.

Feuerholzschuhe sind heutzutage so selten geworden wie Goldmünzen und niemand kann mehr richtig Geschichten erzählen. Hört den letzten zu, die ich in der Niederbretagne am Kaminfeuer gehört habe. Die einen sind uralt, die anderen sind noch von Flaum bedeckt. Die jüngsten stammen aus der Zeit, in der man Flugzeuge bei uns „fliegende Karren" nannte und Automobile „Feuerwagen".

HANS GELDLEICHT

Hans war Landstreicher. Das ist freilich kein Handwerk zum Reichwerden. Sein Vater hatte vor ihm diesen Handel gegründet, ein Geschäft, in dem man keine andere Ware feilbot als das Geräusch einer spitzen Zunge, leere Träume und manches Mal kleine Betrügereien, durch die man eine Nacht oder acht Tage im „Gasthaus zum Verliess" ergatterte. Und doch hätte Hans mit einem Drittel der geistigen Anstrengung, die er darauf verwendete sein tägliches Brot zu erheischen, reich wie das Meer werden können, wäre er hinter einem Ladentisch in einer Ortschaft sitzen geblieben.

Aber der arme Teufel hielt es nirgendwo aus, ohne weiterzuziehen. Er hatte stets einen Fuss erhoben und ein Nasenloch geöffnet, um vor sich zu schnuppern. Vielleicht war es irgedeinem flüchtigen Luftzug gelungen, durch irgendeine Öffnung in seinen Kopf einzudringen und seither zappelte er in diesem Schädel so stark wie ein Fisch in einer Reuse, ohne zu wissen, wo er entweichen konnte. Der Wind in seinem Kopf führte Hans durch die ganze Niederbretagne, von Westen nach Osten, von Süden nach Norden, kreuz und quer, ohne zu sagen warum. Es gibt nichts Dümmeres als einen Luftzug, der in seinem eigenen Reich herumweht, ausser einer Katze, die ihrem Schwanz nachrennt. Mit wenigen Worten : wegen seines Lebens an freier Luft wurde Hans nicht vom Gewicht seines Geldbeutels behindert. Und deshalb hiess man ihn Hans Geldleicht.

Das schwerste Los aber traf seine Frau. Der Landstreicher, der zu schnell dahinzog, um die Taler auf der Landstrasse aufzuheben, hatte versehentlich ein kleines, an irgendeiner Kreuzung getroffenes Frauchen aufgerafft, eine verrückte Jungkuh, die ihren Strick zerrissen hatte. Seit Jahren wanderte sie im Schatten ihres Gatten, mager und zerlumpt, ohne einen Heller und ohne Ring. In einem Leinensack hatte sie jedoch die Hochzeitskleider und den Trauermantel ihrer Mutter gründlich verwahrt.

Eines Abends schleppten sich die beiden Eheleute in ziemlich erbärmlichen Zustand auf einer Strasse dahin. Hans Geldleicht war so leicht geworden wie sein Name, ich sag's euch, und vom Gesicht seiner Frau sah man nur noch die Augen, so schwarz wie der wilde Hunger, der in ihr lebte. Seit drei Tagen hatten sie den Mund nur geöffnet, um fliessendes Wasser zu trinken und grüne Beeren zu kauen. Kein Heller, vor ihnen zugeschlagene Türen, Hunde, die ihre Lumpen anbellten, der Gipfel der Not. Hans blieb stehen, sich an einem Meilenstein auszuruhen, seine Frau an seinen Rücken gelehnt und da kam ihm eine Erleuchtung. Sie kam nicht von dem Stein. Vom Leinensack, kaum glaubt man's.

Zwei Stunden später wurde die Tür des Gasthauses zum Pilier Rouge in Brest von zwei jungen Leuten geöffnet. Eine schmale Frau mit grossen schwarzen Augen, bekleidet mit ihrem Hochzeitskleid nach der Mode des Landstrichs Bigouden und ein Jüngling ohne Kopfbedeckung, eingehüllt in einen schwarzen Mantel mit Silberverschlüssen, scheinbar ein Bürger oder eher noch ein Offizier. Ihre Schuhe waren völlig staubbedeckt. „Wahrlich, Wirt", sagt der Herr mürrisch. „In der Gegend habt Ihr schlimme Wege. Mein Wagenrad zerbrach in den Fahrspuren und seitdem fand ich keinen Wagner. Und so musste ich gut drei Wegstunden mit meiner neuvermählten Frau bis zu Eurem Haus laufen. Denn morgen muss ich bei Tagesanbruch an Bord meines Schiffs sein. Schnell ! Bringt Eure besten Gerichte auf den Tisch und bereitet Eure beste Kammer für uns vor !"

Der Wirt schrie nach seinen Dienstmädchen, eilte in die Küche, stürzte in den Keller. Und schon kam die Decke auf den Tisch und dampfender Braten und schon gluckerte alter Bordeauxwein in den Gläsern. Die jungen Leute verschlangen das Essen so reichlich in sich hinein, dass man hätte glauben können, sie seien leer bis zu den Fersen, sie verschlangen das Brot so, dass kein Krümel übrigblieb, sie leerten ihre Gläser so oft, als seien diese Koboldfingerhüte. Als sich nur noch die Decke unter ihren Fingern befand, seufzten sie und stiegen in ihre Kammer. Die junge Frau summte ein Liebeslied, der Herr gab den Takt mit Rülpsern und Schluckauf an.

Aber am nächsten Tag, bei Tagesanbruch, waren es ganz andere Geräusche. Man hörte den Herrn ganz schrecklichen Krach mit den Möbeln machen und laut nach dem Wirt rufen. Dieser stürzte die Treppe drei Stufen überspringend nach oben und fand einen wutroten Mann, so nackt wie ein Frosch : „Betrügerischer Wirt ! Wir sind hier in eine Räuberhöhle geraten. Schaut ! Während ich schlief, hat man mir mein Hemd, mein Wams, meine Beinkleider meine Schuhe und schlimmer noch meine Börse mit zehn Goldtalern gestohlen. Welch ein Glück, dass sie meinen Mantel dagelassen haben. Er genügt mir, um bis zum Haus meines Onkels,

dem Admiral, zu gehen, Klage einzureichen. Das wird Euch teuer kommen, Galgenvogel !"
Zu Tode betroffen suchte der arme Wirt mit allen seinen Leuten seine ganze Bleibe ab. Man fand nichts. Und es blieb nichts anderes übrig, als dem jungen Herrn neue Kleider zu besorgen und ihm seine zehn Goldtaler zu ersetzen. Hans Geldleicht schloss wohlwollend Frieden und ging erhobenen Hauptes zur Tür hinaus, seine Frau in seinem Schatten folgend.

Einige Zeit später grub der Wirt ganz hinten in seinem Obstgarten ein Beet um, um Karotten zu säen. Sein Spaten entdeckte einen Haufen Lumpen, ein zerrissenes Hemd ein lumpiges Wams, zerschlissene Beinkleider. Der Admiral hatte keinen Neffen.

GUIDOUS RACHE

Der Herr des Gutes von Leznarvor, in der Pfarrgemeinde von Pouldreuzic, war geiziger als ein Hund mit seinem Markknochen. So oft wie möglich nahm er sein Mittagessen am Tische eines seiner Pächter, namens Guidou, ein. Dieser bearbeitete die Ländereien von Penkleuziou, hinter dem Herrenhaus. Er hatte eine Frau, die sehr geschickt im Buchweizencrêpebacken war, gut mit Butter getränkt, damit sie besser rutschten. Jedesmal verschlang der Herr drei Dutzend Crêpes, leerte vier Schalen Buttermilch, sang sieben Loblieder auf die Hausfrau und hatte er sich die Wampe kostenlos vollgeschlagen, so ging er langsam nach Hause. Gab Guidou ihm zu verstehen, er käme auch einmal gerne ins Herrenhaus zum Mittagessen, so tat der andere, als sei er taub wie ein Holzschuh. Er lud den Pächter schliesslich ein, an „irgendeinem Tag" ins Herrenhaus zum Schmausen zu kommen. Kam Guidou jedoch an die Schwelle des grossen Hauses, so verlor der arme Mann seine Zeit : der Herr musste sofort geschäftlich nach Quimper, der Herr hatte ein Mittel gegen Bauchschmerzen geschluckt, der Herr sattelte gerade sein Pferd, um mit dem Vicomte von Kremeneg auf den Ländereien von Kerviel zu jagen. Guidou kam mit leerem Magen, langer Nase, und vor Wut und Schande rotem Kopf nach Hause.

An einem Sonntagmorgen zog unser Mann seine „Chupenn" an und erklärte seiner Frau kurz und bündig : „Marie-Louise, ich gehe mein Mittagessen im Gut von Leznarvor einnehmen und diesmal lasse ich mich von dem knausigen Herrn nicht prellen, egal wie schwer es fällt."
Und so verschwand Guidou mit zusammengebissenen Zähnen und einem Bauch voller Groll, in Erwarten eines Bauchs voller Essen.

Als er im Gutshof ankam, schlich er sich geräuschlos bis zum Küchenfenster, das leicht offenstand. Von Efeublättern verdeckt, konnte er einen Blick in den grossen Saal werfen. Und was erblickte er ? Den Herrn, der am Tische sitzend einen Haufen aufgereihter Würste mass. Die Dame, nah bei ihm, bearbeitete den Teig zum Butterkuchenbacken. Die Köchin, nahe der Feuestelle, war gerade damit fertig einen Kapaun zu rupfen. Und mehr noch, ein

Er hatte eine Frau, die sehr geschickt im Buchweizencrêpebacken war, gut mit Butter getränkt, damit sie besser rutschten.

Schweinskopf, hübsch auf einem ungebleichten Tuch zurechtgelegt wartete darauf, dass das Feuer heiss genug war, um in den Kochtopf zu kommen. Beim Anblick dieses Schauspiels schluckte der unglückliche Guidou fast seine Zunge unter.

Der Herr von Leznarvor sprach zu seiner Gemahlin : „Ich fürchte, der Einfaltspinsel Guidou kommt uns dazwischen. Sieht der soviele Leckereien, dann glaubt er bestimmt den Augenblick günstig, die miserablen Crêpes und die saure Milch zu vergelten, die ich manchmal bei ihm mit tausend Nöten heruntergewürgt habe, um seine arme Frau zu erfreuen. Was tun, wenn der dumme Meister ohne vorherige Warnung auftaucht ?“ Und die Gemahlin antwortete : „Habt keine Furcht. Dieser Tolpatsch wird uns nicht überraschen. Wir werden ihn mit seinen kotigen Holzschuhen durch den Eingang kommen hören. Dann werft Ihr schnell die Wurst in die Tischschublade. Ich werde mich auf die Teigschüssel setzen. Die Magd wird den gerupften Kapaun in der Bank und den Schweinskopf im Waschzuber verstecken. Es wird keinen anderen Schweinskopf geben, als den des Guidou Penkleuziou“. Und beide lachten laut auf, gefolgt von der Magd, und zwar so sehr, dass der Schweinskopf auf seinem Tuch zitterte.

Guidou hatte genug davon gehört. Eine Minute darauf hörten die Leute im Gut vom Hof her das Geräusch von Sonntagsholzschuhen, ein gewaltiges Geräusch, damit man wusste, der Mann kam hierher. Dazu, um das Mass vollzumachen, kamen Hustenanfälle. Sogleich verschwand alles Essen. Es blieb kein Stückchen mehr vor Ort übrig.

„Seht einmal an“, sprach der Herr. „Da kommt Guidou. Gerade waren wir dabei fortzugehen. Wir sind heute zum Essen bei meinem Vetter, dem Herrn von Penkelenneg in der Pfarrgemeinde von Peumerit eingeladen. Es ist Zeit loszuziehen. Und was gibt es Neues, mein Freund Guidou ?“

„Ich habe nicht viel Neues, mein Herr, ausser dass ich andern Tags beim Binsenschneiden im Kergeusumpf auf eine Viper getreten bin, eine so lange, lange… “

„So lang“, fragte der Herr.

„Noch länger, mein armer Herr, so lang wie die aufgereihte Wurst, die Ihr da in der Tischschublade habt.“ Und Guidou zog die Schublade auf und holt die Würste heraus. Die drei andern waren verdutzt. „Dieses schlechte Vieh versuchte mich zu beissen. Ich hatte keinen Stock und wusste zunächst nicht, wie mich zu verteidigen und da bemerkte ich einen Stein, einen riesigen Stein vor mir, einen Stein so gross… wie der Schweinskopf, den Ihr unter dem Waschzuber versteckt haltet.“ Und da hob Guidou den Waschzuber hoch und packte den Schweinskopf. Die drei andern blieben stumm wie Fische. „Ich packte den Stein, um ihn auf die Viper zu werfen. Wenn Ihr den Wurf gesehen hättet ! Das giftige Vieh wurde auf dem Boden zerdrückt, so flach wie der Teig, auf dem die Dame sitzt.“ Als guterzogener Mensch hielt es

Guidou nicht für gut, unter den Röcken zu wühlen. Die drei andern waren leichenblass, ausser dem Gesicht der Dame, das glutrot wurde. „Was ich Euch erzähle ist wahr, so wahr ich hierher gekommen bin, mit Euch zu essen. Wenn ich lüge, soll man mich so kahl rupfen wie einen Frosch und so schön in diese Bank einsperren, wie den lieben Kapaun, der dort ist und auf den Spiess wartet.“ Und schon öffnete Guidou die Bank und zog den Kapaun hervor.

Die drei andern taten einen langen Seufzer. Ohne ein Wort begann die Magd das Feuer anzufachen, die Dame hörte auf, ihr Teigei zu bebrüten, der Herr begann zu lachen, scheppernd wie ein Eimer, der in den Brunnen abfährt und bat Guidou, mit ihnen zu speisen.

Der Butterkuchen schmeckte allerdings ein wenig sauer.

EIN HÜBSCHES VERMÖGEN

Um zahlreiche Güter in der Niederbretagne herum, hörte man ehemals eine vorbildliche Geschichte erzählen : die vom Gutsherrn, seinem Reitknecht und der minderjährigen Tochter des geizigen Händlers. Die Namen ändern sich, die Lehre bleibt diegleiche. In Châteauneuf ist es das Gut von Keranmoal. Die jungen Leute heissen Perig und Brigitte Le Roux. Wir werden die Geschichte in ihren Farben zeichnen, obwohl Yann und Janed im Gut von Guilguiffin in Landudec dasselbe widerfuhr.

Der Perig, um den es gehen wird, hatte ein Herz voller Zärtlichkeit für die Brigitte, von der ich sprechen werde. Und die Brigitte hätte den Perig so gern zum Gemahl gehabt, dass ihr jedesmal das Wasser in die Augen stieg, wenn sie den Jüngling zu Pferd oder zu Fuss erblickte. Aber Weh ! Der arme Perig litt an einer Krankheit, die oftmals die Jungen befällt, d.h. er besass weniger Talermünzen als Finger an beiden Händen. Und der alte Le Roux, Inhaber eines grossen Ladens in der Ortsmitte, war so aufs Geld aus, dass er fähig gewesen wäre, den Rücken einer Kellerassel zu scheren, um das Haar dem Lumpenhändler zu verkaufen. Hätte er Perig kommen sehen, einen Antrag für seine Brigitte zu stellen, so hätte dieser Hellergrapscher, dieser Geizkragen, dieser Geldhüter einen Schlag bekommen, er, der sich nicht geschämt hätte, seine Tochter an den Meistbietenden zu versteigern. Dies nur, um Euch wissen zu lassen, meine Kinder, dass Brigitte eine zu teure Ware für einen Reitknecht war, selbst wenn dieser sein Pferd mit Stahlsporen beritt.

Der Herr von Keranmoal kannte allerdings die grosse Zärtlichkeit, die zwischen den beiden jungen Leuten erwacht war und so liess er seinen Knecht kommen : „Perig, stimmt das, was ich gehört habe ?“

„Was habt Ihr gehört, Herr ?“

„Ihr seid dabei, um die Röcke von Brigitte Le Roux zu schleichen ?“

„Das ist leider wahr. Aber ich könnte mehrere Dutzend Runden um sie ziehen, bevor der alte Le Roux mir Brigitte zur Gemahlin gibt, denn meine Geldbörse ist nicht schwer, wie Ihr wisst.“

„Also tätet Ihr gut daran, ein Mittel zu finden, eine Handvoll Goldstücke zu verdienen, um sie vor dem Schwiegervater auszubreiten.“

„Ich würde alles tun, Herr, um Brigitte zu heiraten. Egal was, ausser dem Teufel meine Seele verkaufen oder Lügen erzählen.“

„Ihr seid ein ehrlicher Mann, Perig. Das ist gut. Wenn Ihr Eure Seele nicht verkaufen wollt, vielleicht würdet Ihr… Eure Nase verkaufen wollen ?“

„Meine Nase ? Verkauft man heutzutage Nasen ?“

„Das weiss ich nicht, aber ich bin Käufer. Ich habe seit fünfzig Jahren genug von der Nase, die ich unter meinen Augen trage. Ich habe Lust auf eine andere. Ich kaufe Eure Nase für… zehntausend Taler.“

„Zehntausend ? Gibt es so viele Taler auf der Welt ?“

„Antwortet schnell, ich habe keine Zeit zu verlieren.“

„Ja Gott, Herr, meine Nase… wie doch… gerne, ja, aber… Nein, ich verkaufe Euch meine Nase nicht.“

„Zehntausend Taler.“

„Nein, ich will nicht mogeln. Brigitte liebt mich mit der Nase, die ich habe. Wenn ich meine Nase verkaufe, verliere ich vielleicht ihre Liebe. Nein, meine Nase ist keine zehntausend Taler wert, aber Brigitte hundertmal mehr. Es geht nicht.“
„Gut. Kümmert Euch um die Pferde !“

Der Herr von Keranmoal ging in den Ort. Dort traf er den alten Le Roux auf dem Brunnenplatz : „Na, Le Roux. Eure Tochter wird meinen Knecht Perig heiraten ?“

„Wie bitte ? Böse Zungen, die Dummheiten ausspucken ! Glaubt Ihr, ich gäbe meine einzige Tochter einem Stallburschen, der weder einen gelochten Heller besitzt, um sein Hemd

Und die Brigitte hätte den Perig so gern zum Gemahl gehabt,
dass ihr jedesmal das Wasser in die Augen stieg,
wenn sie den Jüngling zu Pferd oder zu Fuss erblickte.

zu erwärmen, noch eine Handvoll Erde von seinem Vater erben wird !“

„Ja, ja ! Manchmal weiss man nicht richtig. Hört zu ! Ich habe Perig selbst zehntausend Taler geboten, um einen Teil seines Besitzes zu erwerben. Und der Junge hat Nein gesagt.“

„Zehntausend Taler ? Einen Teil seines… Donnerwetter !“

„Ja, und er tat gut daran, Nein zu sagen. Was ich verlangte, gäbe ich selbst nicht für dreissigtausend.“

„Dreissig… ! Das Vermögen Perigs ? Das wusste ich nicht. Das ist ein Mann grossen Werts, dieser Perig. Sagt ihm, er wird mein Schwiegersohn, wann es ihm beliebt.“

Einen Monat später waren Brigitte und Perig verheiratet. Als er aus der Notre-Dame des Portes-Kirche austrat und während die Neuvermählte ihren Hochzeitsstrauss der Jungfrau verehrte, zog der alte Le Roux den Herrn von Keranmoal beiseite, um zu wissen, was Perig besass, das über dreissigtausend Taler wert sei :

„Der Besitz Perigs ? Ja Gott, Gevatter, der Besitz Perigs, das ist… Perig selbst. Und den Teil, den ich für zehntausend Taler verlangt habe, das ist… seine Nase.“

Fast hätte der alte Le Roux seine Zunge verschluckt. Es war zu spät. Tatsächlich gab es weder Lügen, noch Betrug. Wenn der Kerl wieder zu Atem kam, dann nur, weil er den Hochzeitsschmaus bezahlt hatte und sich seinen Bauch für das Geld vollschlagen wollte. Aber er war so betroffen gewesen, dass sein Geist von nun an verwirrt blieb und man ihn bis zum Tage seines Todes auf dem Brunnenplatz in Châteauneuf sah, wo er den Passanten seine Nase feilbot. Aber er hatte sich zulange abgeplagt, sein Vermögen ohne persönliches Mitgefühl zu erwerben, dass er selbst nichts mehr wert war. Und er fand keinen Kunden für seine Nase.

DAS ROSS DES PFARRERS

Man fragt mich, ob in meiner Geldbörse nicht noch ein paar Zweihellerstücke aus alter Zeit übrig sind. Mein Gott, ja ! Wiegt diese da in der Hand !

Lumpenhans war fast zu mutlos, seine Läuse zu füttern, ja fast. Sein Weib Jeanette träumte gern auf einem Bein stehend, wie die Henne auf der Hühnerstange. Seid deswegen nicht erstaunt, dass die hündische Not ihre Hütte in ihrer Bleibe gefunden hatte. Und doch, am Tage ihrer Vermählung besassen beide zehn Hektar gutes Land, zwei Strohdachhäuser und ein Schieferdachhaus. Das Land hatten sie stückweise verkauft, verkauft hatten sie die beiden Strohdachhäuser und jetzt fielen die Schieferplatten des letzten Hauses wie Regen auf die Schwelle, wenn der Wind blies. Hans beschloss Dieb zu werden.

Eines Abends kam unser Mann nach Hause zurück und zog ein Ross an einem Strick hinter sich her. Als sie das Tier erblickte, war Jeanette entsetzt : „Wie, Ihr Unglücksrabe habt nichts anderes stehlen können !“ „Was ist los ? Ist das nicht ein gutes Tier ? Ich habe es in den Hügeln aufgelesen. Es war allein, ohne eine Seele weit und breit. In einigen Tagen ist der grosse Mitte-April-Markt. Da werde ich es für eine gute Handvoll Taler an irgendeinen Rosshändler aus Spanien verkaufen. Ihr könnt dann eine Spur Fleisch in das Schwarzbrot der Suppe tun.“

Aber Jeanette hatte sich ganz blass auf einen Schemel gesetzt : „Ich kenne dieses Ross. Es ist das des Herrn Pfarrer. Was seid Ihr für ein Dummkopf. Es gibt wohl mehr als hundert Pferde in diesem Land und Ihr habt das einzige geraubt, mit dem Ihr niemanden hinters Licht führen könnt. Zu dieser Stunde ist schon die ganze Pfarrgemeinde hinter Euch her.“

Als er diese Worte vernahm, war Hans sehr niedergeschlagen. Er war jedoch ein Mensch von Entschluss : „Was getan ist, ist getan. Ich werde es schon verkaufen können, selbst wenn ich ihm dafür das Fell entlang des Rückens abziehen muss, um ein anderes aufzulegen. Öffnet den Pferdestall und holt ein Maulvoll Heu aus dem Schuppen ! Morgen ist Sonntag. Ihr geht zum Hochamt und hört der Predigt des Pfarrers gut zu.“

Am nächsten Tag kam Jeanette ganz blass vor Aufregung vom Dorf zurück und ihre Haare zitterten unter ihrer Haube : „Diesmal sind wir beide verdammt. Ich weiss nicht, was noch passieren wird, aber die Hölle wartet auf uns.“ „Lasst die Hölle erkalten und erzählt mir die Predigt !“ „Na gut, der Herr Pfarrer ist in die Kanzel gestiegen und er war voller Wut, der heilige Mann : ‘Man hat mir mein Ross gestohlen,’ schrie er mit einer solchen Stimme, dass die Wölbungen erzitterten. ‘Es gibt jemanden, der unredlich und schamlos genug ist, den Pfarrer dieser Gemeinde absitzen zu lassen. Es ist schon gut. Ich werde meine Busse tun, indem ich das ganze Land zu Fuss und bei jedem Wetter ablaufe. Aber hört mir gut zu ! Da man mir mein

Ross gestohlen, HABE ICH MEINEN ENTSCHLUSS GEFASST ! Ja, und wenn unter Euch einer ist, dessen Gewissen nicht in Frieden ist, so wisse jener, ICH HABE MEINEN ENTSCHLUSS GEFASST.' Das wiederholte er fünf- oder sechsmal. Und beim letzten Mal versetzte er der Kanzelplatte einen solchen Faustschlag, dass sein Messbuch auf den Schoss von Jeanne Le Roux fiel, die wie gewöhnlich am Pfeiler sass, da ihre Ohren schlechte Laune haben. Da haben wir's. Wir sind sicher demnächst verloren."

Und das arme Weib verschüttete seine Tränen auf seine Sonntagsschürze. Lumpenhans war höchst verlegen. Er ging in den Pferdestall. Das Ross sah ihn mit Menschenaugen an und begann zu lachen. In der nächsten Nacht konnten weder der Dieb noch sein Weib schlafen. Sie hörten die laute Stimme des Pfarrers in der Kirche : ICH HABE MEINEN ENTSCHLUSS GEFASST. Und das Ross hinter der Mauer schlug ohne Unterlass mit seinem Huf „Mea Culpa".

Beim ersten Tagesanbruch hörte der Pfarrer an seine Tür klopfen. Als er öffnete, erblickte er Lumpenhans, linkisch einen Strick haltend, an dessen Ende ein Ross wieherte : Guten Morgen, Herr Pfarrer. Gerade gestern Abend fand ich dieses Ross wie verrückt in den Hügeln herumgaloppieren. Es hatte wohl eine Bremse unter dem Schwanz, die ihm das Leben erschwerte. Ich hatte grosse Mühe, ihm die Hand an die Mähne zu legen. Als ich es nach Hause gebracht hatte, erfuhr ich von meinem Weib Jeanette, das beim Hochamt gewesen war, dass Ihr Eures verloren habt. Also bringe ich es Euch zurück." „Aber, mein lieber Hans, vielleicht ist es nicht meins." „Doch, doch, Herr Pfarrer, dieses Tier kann niemandem anderen gehören. Man erzählt in der Gegend, Euer Ross könne Latein. Und dieses hier scheint mir das auch zu können." „So ! Ihr habt es sprechen hören ?" „Nicht genau. Aber ich weiss gut, dass aus diesem Ross, finge es an zu sprechen, Latein herauskäme und nicht Bretonisch. Ich habe es halb gehört." „Halb gehört ! Also wundert Euch nicht. Halb Bretonisch, das gleicht ziemlich halb Latein. Lasst es herein. Wir sehen schon, ob es seinen Stall findet."

Es fand ihn sofort und seinen Futtertrog ebenfalls. Der Pfarrer lud Lumpenhans dazu ein, einen Happen zu essen und diesen Happen in einem Schluck zu weichen. Aber so sehr Hans sich auch anstrengte, der Happen wollte nicht richtig herunterrutschen : „Sagt einmal, Hans. Ihr scheint Euch in Eurer Haut nicht wohl zu fühlen." „Doch, doch, Herr Pfarrer, bloss gibt es etwas, was ich von Euch wissen möchte." „Was denn ?" „Beim Hochamt habt Ihr gesagt :' Man hat mir mein Ross gestohlen, aber hört gut her : ICH HABE MEINEN ENTSCHLUSS GEFASST. Und Ihr habt fünf- oder sechsmal wiederholt : ICH HABE MEINEN ENTSCHLUSS GEFASST. Welchen Entschluss hattet Ihr gefasst, Herr Pfarrer ?"

Der Pfarrer lächelte. „Welchen Entschluss ? Man konnte nur einen fassen, mein armer Mann : den Sattel und das Zaumzeug verkaufen, da ich kein Ross mehr hatte."

*„Ich kenne dieses Ross. Es ist das des Herrn Pfarrer.
Was seid Ihr für ein Dummkopf. ...“*

Glaubt mir, wenn ihr wollt, aber Lumpenhans ist ein schicklicher Landmann geworden. Das hat alle gewundert, ausser den Pfarrer der Gemeinde und vielleicht sein Ross.

DER TRÄNENVERKÄUFER

Der Kerl Gourgon La Pie durchzog die Wege des Nieder-Cornouaille-Landes, von einem Hof zum andern und sein ganzer Laden hing an seinem Hals, ein leichter Holzkasten voller wertloser Zweipfennigware, gedacht, die Eitelkeit der Mädchen zu nähren. Gourgon öffnete das Hoftor zu den Uhrzeiten, an denen die Männer auf den Feldern waren und rief hell über das Gebell der Hunde hinaus : „Hier ist der Kerl mit den Nadeln ! Mit schwarzem Kopf, mit weissem Kopf, mit Perlmutterkopf, mit Kopf aus Eisen... mit Kopf aus Eisen... reisen !“ Meist war Gourgon willkommen, auch wenn er mehr Süssholz raspelte, als er Hundertpfennigmünzen einnahm. Mein Gott, es war ein Mann mit guten Manieren, der in seinem Kasten ein kleines Vermögen besass, da er ausser den Stecknadeln viele Sorten Litzen und Bänder, Fäden und Nähnadeln enthielt. Und weiterhin ging sein Handel immer besser. Er ging soweit, sogar Briefpapier zu verkaufen, wie ein Händler der Stadt, und doch konnte er nicht lesen. Manchmal führte er sogar bis zu einem Dutzend kleiner Spiegel mit, die hinten das Bild der Kinomädchen zierte. Das alles, um Euch zu sagen, dass der Kerl Gourgon kein verachtenswürdiger Vagabund war, aber eher ein Herr unter den gemeinen Leuten. Und er wurde ein richtiger Herr von dem Tag an, wo es ihm gelang, seine Tränen zu verkaufen.

Gourgon kam durch eine gewisse Ortschaft im Cornouaille-Land, als er, über einer Haustür befestigt, ein weisses Tuch bemerkte, auf dem zwei schwarze Seidenbänder gekreuzt waren, um wissen zu lassen, dass im Innern ein Leichnam auf seinen Sarg wartete. Da er ein ehrerbietiger Mensch war, beschloss Gourgon einzutreten, um ein Vaterunser für den Toten zu beten, bevor er weiterzog. Kaum waren seine Füsse über die Schwelle getreten, so hörte er das Geräusch von Unterhaltung und Lachen. Der Zimmer war vollgestopft mit Leuten in Trauerkleidern, die mit lauter Stimme untereinander sprachen, als seien sie auf dem Marktplatz oder als warteten sie auf einen Hochzeitszug. Und doch lag der Leichnam auf dem Bett, ein Greis mit grauen Haaren und verzerrtem Gesicht.

„Donnerwetter“, vertraute Gourgon seinem Hut an, „hier bin ich unter wilde Tiere geraten. Wie schamlos diese Leute sind !“ Der Nadelkerl näherte sich dem Leichnam und kniete nieder, um zu beten, nachdem er Weihwasser versprengt hatte. Das sehend, hielten die anderen Anwesenden mit einem Schlag Ruhe. Als er sein Gebet beendet, suchte Gourgon die Tür, als er eine Hand spürte, die an seiner Jacke zog. Es war eine Frau, ein ganz trockenes Weibsstück, ganz in einen Trauermantel gehüllt, die ihn zur Feuerstelle zog : „Ich kenne Euch nicht, aber

Ihr seid ein Mann guten Betragens, was ich so sehe."

„Das bin ich sicher", antwortete Gourgon mit strenger Stimme. „Aber ich fürchte, in diesem Haus der Einzige zu sein."

„Bevor Ihr Anstoss nehmt, hört lieber zu", sagte sie. „Der Tote ist mein Vater. Während seines Lebens hat er niemals anderen Gutes getan und niemals verkehrte er mit einem einzigen geborenen Christen. Einheimsen und so viel wie möglich für sich behalten, ja darin war er der Erste, und weit vor dem Zweiten. Und jetzt, schaut ! Jetzt ist er tot und man findet niemanden, der ihn vermisst, niemanden, der seinen Leichnam beweint. Es ist ein Erbarmen".

„Ein Erbarmen ? Warum weint Ihr nicht, die Ihr seine Tochter seid ?"

„Leider hat er mich zu Lebzeiten so oft zum Weinen gebracht, dass mir kein Tropfen Wasser mehr für seinen Tod bleibt. Deshalb bitte ich Euch, der Beerdigung nah bei mir zu folgen und zwischen der Kirche und dem Friedhof Tränen zu verschütten. Sehen sie Euren Kummer, so werden die anderen Ruhe halten. Andernfalls sind die fähig eine Gavotte hinter dem Leichenwagen zu tanzen. Das wäre eine Schande."

„Meine arme Frau, ich muss meine Nadeln verkaufen."

„Ihr vergeudet nicht Eure Zeit. Ich werde Euch zwei Taler und die Nahrung geben".

„Es ist gut", sagt Gourgon „für zwei Taler werdet Ihr reichlichen Regen bekommen".

Und Gourgon La Pie folgte dem Leichnam und vergoss schwere Tränen um seinen Tagelohn zu verdienen. Jetzt hört das Beste : während er das Wasser aus seinem Körper entzog, dachte er daran, wie schrecklich es ist zu sterben, ohne von jemandem vermisst zu werden, wie schlecht die Leute untereinander sind und wie unredlich es ist… für zwei Silbertaler Schmerz zu heucheln. Und so kam es, dass der Nadelhändler zuletzt wirklich die Menschheit und sich selbst beweinte. Er weinte auf dem ganzen Weg zwischen dem Haus, der Kirche und dem Friedhof, er weinte noch stärker, als er zum Leichenschmaus zurückkam. Die Anwesenden waren von so viel Tränen dermassen betroffen, dass niemand den Mut fand, die Gemüse-Rindfleischsuppe zu kosten, bis zu dem Augenblick, da die Tochter des Toten dem Weinenden zwei weitere Taler anbot, um ihn dazu zu bringen seine Augen zu trocknen und die Leute essen zu lassen.

Von diesem Tag an wandelte Gourgon auf der Strasse des Reichtums. Ein Mann, der Abnehmer für seine Tränen gefunden hat, ist fähig, dem Teufel neue Hörner zu verkaufen.

*Kam er nach seiner Arbeit nach Hause,
so nahm er noch in Angriff, Holzschuhe auszuhöhlen,
um sie den benachbarten Menschen zu verkaufen.*

HANS LEICHTE-HOLZSCHUHE

Wenn die Leute des Hofs „Petit Kosker" so arm waren, gerade gut genug zum Totschlagen, dann war das nur wegen des Vaters. Dieser Vater war der beste Mensch, der jemals auf dieser Erde geatmet hat, aber die sieben Weltwinde brummten wie eine Hummel in seinem Kopf. Und der Vater hörte immer auf diese Winde, die ihn drängten, mit ihnen in der Welt herumzuschweifen. Der arme Mann hielt es nicht aus, an sein Haus gebunden zu sein, wie eine Kuh mit einem Strick an ihren Pfahl. Er war Landmann, weil der kleine Herr von „Petit Kosker" schon seit Jahrhunderten seinen Schweiss vergoss, um die Herren von „Grand Kosker" zu bereichern. „Petit Kosker" ist nur ein elendes Strohdachhaus, umgeben von einem Nutzgarten, so schmal wie das Band einer Wochenhaube. Es ist zwischen den Ländereien von „Grand Kosker" eingeklemmt. „Grand Kosker" ist ich weiss nicht wieviele Tagewerke gross und würde gerne diesen bescheidenen Kleinhof ersticken, wie eine Mücke in einem Spinnennetz. Tausendmal haben die Herren von „Grand Kosker" die Besitzer von „Petit Kosker" ersucht, ihnen ihre enge Hütte zu verkaufen, die im Wald-, Heide- und Brachland und den Weiden und Wiesen ihres Guts unterging. Tausendmal bekamen sie zur Antwort : Nein, und nochmals Nein und für immer Nein. Jedesmal, wenn der Herr von „Petit Kosker" starb, übernahm sein ältester Sohn den Hof.

Und deshalb musste dieser, der Letzte, obwohl er gewünscht hätte, Seemann zu werden, zu Hause bleiben, gegen seinen Willen, um dem Willen der Vorfahren Genüge zu tun. Er hegte den kleinen Garten so gut er konnte und erntete so jährlich eine Armvoll Lauch, zehn Pfund rote Möhren und zwei Sack Kartoffeln. Er hatte jedoch neun Kinder. Wie seine Vorfahren musste er als Tagelöhner nach „Grand Kosker", um die Nahrung für die Brut von „Petit Kosker" zu bekommen. Einmal im Jahr jedoch hörte er in seinem Kopf das Echo eines Rufs. Und er verschwand, seinen Sack auf den Schultern, wie eine Nachtigall singend, barfuss und das Herz vor Freude zitternd. Und deshalb hatten ihm die Leute, die ihre Wochen- und Sonntage zwischen dem Feld und dem Haus verlebten, halb aus Spott, halb aus Respekt, den Beinamen Hans Leichte-Holzschuhe gegeben.

Im Winter blieb Hans recht leicht in der Nähe seines Hauses und arbeitete hart als Tagelöhner auf „Grand Kosker". Es ist nicht einfach, im Winter einen hungrigen Bauch zu haben und der Mann mochte sein Weib und seine Kinder sehr. Für sie arbeitete er grossherzig auf den Feldern, unter bedrohlichem Himmel. Kam er nach seiner Arbeit nach Hause, so nahm er noch in Angriff, Holzschuhe auszuhöhlen, um sie den benachbarten Menschen zu verkaufen. Waren seine Hände jedoch beschäftigt, so war sein Geist nicht bei der Arbeit. Dieser flog weit weg von „Petit Kosker", in fremde Länder, unbekannte Länder, wo das gesamte Paradies auf Erden, der Ewige Frühling erhalten geblieben waren.

Auf die Holzschuhe schnitzte Hans schöne Bilder, von denen keiner genau zu sagen wusste, was sie darstellten : ungewöhnliche Tiere mit grossen Augen, inmitten wunderbarer Obstgärten kauernd, flammende Herzen in einem Tränenkranz, Meeresfische und Erdfrüchte, die Sonne und der Mond mit allen Sternen des Himmels aneinandergekettet. Und der Künstler bemalte die Holzschuhe mit Farben, die er aus allen möglichen, von ihm selbst in den mageren Hügeln gepflückten Kräutersorten erzeugte. Sie waren so schön, dass die Leute von überall herbeieilten, sie zu kaufen, besonders die jungen Mädchen. Die Mädchen liefen so leichtfüssig in diesen Holzschuhen, dass sie niemals Müdigkeit verspürten und, so glaubten sie, dass die Zeit verging, ohne ihre Jugend wegzutragen. Hätte Hans guten Menschenverstand besessen, wäre er rasch reich geworden. Aber oftmals gab er seine Holzschuhe den Armen umsonst. Öfter noch wollte er sie nicht verkaufen, wenn das Betragen des Käufers ihm nicht zusagte. Und manchmal auch hatte er die Holzschuhe so schön ausgehöhlt und beschnitzt, dass er es nicht über das Herz brachte, sie herzugeben und sie unter dem Strohdach von „Petit Kosker“ versteckte. In finsteren Winternächten erzählt man, dass das Dach leuchtete und ein übernatürliches, blaues Licht verbreitete.

Aber der Holzschuhmacher setzte sich gerne ans Meeresufer, schwermütig und voller Schmerz, weil es ihm nicht erlaubt gewesen war, eine Weltreise auf einem Schiff zu machen und zu sehen, wie die Sonne über den weissen Städten aufgeht, die entlang der Ufer des Sandes liegen,oder am Rand tiefer, dem Menschen verwehrter Wälder.

Und der Winter verstarb im April. Die Frühlingsblumen umrankten die Bäume, dichtes Gras zitterte in den Feldern, die sich durch die Liebkosung eines gutriechenden Windes öffneten, die Lerche stieg hoch und steil in die Tiefen eines frischen Himmels. Die Wangen der Kinder röteten sich unter dem Pulsschlag neuen Blutes. Bald würde man die Menschen den Haferbrei auf der Hausschwelle essen sehen. In Hans jedoch kochte das Verlangen. Raus von hier, weit weg von hier, raus von hier, weit weg von hier, von hier weggehen, von hier weggehen, um was zu suchen ? Das ist unwichtig. Er betrachtete die weissen Wolken, wie sie über ihn hinwegflogen und den Horizont übertraten : „Komm mit uns, armer Mensch ! Warum dort bleiben ? Warum sterben, ohne niemals die Herrlichkeit unbekannter Länder gesehen zu haben ?“ Und Hans seufzte : „Ach, weggehen !“

HANS UNTERWEGS

Das Weib und die Kinder kannten das Leid des Vaters gut. Aber was tun ? Ihn weggehen lassen und versuchen, so gut wie es ging bis zu seiner Rückkehr zu leben ? Während des Sommers fand man genug Nahrung auf dem Land. Und wenn der Hunger einmal zu grausam wurde, dann leuchteten unter dem Dach Hans' schönste Holzschuhe, fertig zum Verkauf, um Brot dafür zu kaufen. Geht davon, liebes Väterchen, da Euer Geist nicht mit uns ist ! Und eines Morgens, als die Kinder erwachten und den Kopf aus dem Schrankbett streckten, dann sahen sie die Schultern ihres Vaters nicht mehr am Tisch, an der Fensterseite : „Wohin ist Vater gegangen, Mama ?“ „Euer Vater bringt den Teig zum Backofen.“ Und die Mutter wusch die Schale des Herrn von „Petit Kosker“ und räumte sie auf das Kaminbrett in Erwartung des Tages, wenn Hans Leichte-Holzschuhe Ende November wieder nach Hause zurückkehrte, mit vollem Kopf und leerem Bauch.

Hans behalf sich immer mit derselben Ausrede, um auf Wanderschaft zu gehen. An einem Abend sagte er zu seinem Weib : „Meine arme Marie-Jeanne, bereitet Teig zum Gehen vor, um einen Laib Roggenbrot zu backen. Morgen gehe ich ins Dorf und ich werde ihn zum Backhaus tragen.“ Marie-Jeanne sagte kein Wort. Sie weinte heimlich ein wenig und ihre Tränen dienten als Salz, da sie in den Teig tropften. Weder er noch sie schliefen in dieser Nacht. Am nächsten Morgen vor dem Sonnenaufgang, verstaute Hans den Teig in seinem Sack, nahm diesen huckepack und auf Wiedersehen !

Und jetzt rennt unser herrlicher Holzschuhmacher seiner Sehnsucht nach. Die ganze Welt gehört ihm. Seine Augen sind nicht gross genug. Sein Herzschlag hallt in allen seinen Gliedern wider. Der Vogelgesang lockt ihn immer weiter. Auf Wiedersehen, ihr hinter den Bäumen verborgenen Gehöfte ; auf Wiedersehen, ihr roten Häuser an den Wegkreuzungen ; auf Wiedersehen, ihr über die Furchen gebückten Menschen ; auf Wiedersehen, ihr Pferde, die ihr dampft in der morgendlichen Kälte beim von feuchter Erde erschwerten Pflugziehen ; auf Wiedersehen „Petit Kosker“ ! Im Dorf wartet er darauf, dass man ihm seinen Laib Roggenbrot backt. Wenn die Sonne hinter seinem Rücken ins Meer untergeht, glutrot, dann geht der Holzschuhmacher stracks auf die Nacht zu, mit zehn Pfund Brot im Sack, die ihm den Rücken wärmen. Er wandert ohne Unterlass, ruhig, auf die Geräusche der Nacht lauschend und er unterhält sich stumm mit dem Mond und erstellt in seinem Kopf herrliche Phantasiegebilde. Und am Morgen kann man ihn auf irgendeiner Höhe finden, wo er die Sonne erwartet und für sein gesegnetes Dasein dankt.

Und so beginnt das Abenteuer Hans'. Einen Tag an jedem Ort, eine Mahlzeit in jedem Haus. Woher kommt er ? Wohin geht er ? Niemand weiss es genau. Man sieht ihn in den Höfen ankommen zur Zeit des Heumachens, des Dreschens, der Kartoffellese. Nicht ein Hund bellt

Am nächsten Morgen vor dem Sonnenaufgang,
verstaute Hans den Teig in seinem Sack,
nahm diesen huckepack und auf Wiedersehen !

ihn an, niemand stellt ihm die geringste Frage. Er packt eine Heugabel, eine Hacke, den Zaum eines Gauls. Er ist ein tüchtiger Landmann. Nur, manchmal, mitten in eiliger Arbeit, hebt er den Kopf und hört man weiss nicht welche Stimme, die ihn ruft. Und dann lässt er oft die Heugabel und die Hacke, dann bringt er den Gaul seinem Herrn zurück und schon ist unser Mann weg. Man lässt ihn ziehen. Er nimmt niemals einen Heller. Aber immer trägt er auf seinem Kopf, in einem Sack aus weissem Tuch, einen Laib Roggenbrot. Manchmal, wenn er sich inmitten ruhender Bauern befindet, erhebt er die Stimme, um ihnen so wunderschöne Dinge zu erzählen, dass die Frauen den Tränen nahe sind und die Männer ihn ansehen, als sei er ein Prophet aus alter Zeit.

Ende November setzten sich die Kinder von „Petit Kosker" jeden Abend auf die Schwelle des Strohdachhauses und warteten auf ihren Vater, Hans Leichte-Holzschuhe, der auszog das Paradies auf Erden zu suchen, mit dem Brotteig auf dem Rücken. Und einmal, als die Sonne über dem Meer unterging und die Kälte auf die blanke Erde fiel, sahen sie auf dem Weg einen grossen Kerl ankommen, der einen Laib Brot auf dem Kopf in einem Sack aus Haushaltstuch trug. Sofort war die Mutter an der Tür, in den Händen eine Schale, gefüllt mit heisser Suppe. Der Vater trat vor die Seinen, mager und müde. Seine blauen Augen blickten voller Glückseligkeit und goldenem Licht auf sein Weib und seine Kleinen. Mit leiser Stimme und einem engelhaften Lächeln auf den Lippen sprach er zu ihnen, während er den Laib aus dem Sack zog : „Gottes Segen sei mit Euch. Ich habe recht lange Zeit gebraucht, meine Reise zu tun. Aber ich bringe frisches Brot mit. Kostet es ! Man findet kein besseres im reichsten Königreich."

Und dann setzte sich Hans auf einen Stein vor das Strohdachhaus von „Petit Kosker", um seine Suppe gen Westen gewendet zu essen, mit leichtem Herzen und ruhigem Kopf. Die Mutter schnitt für jedes Kind eine Scheibe Brot vom Laib, den der Vater in seinem Sack mitgebracht hatte. Und das Brot war frisch, noch halb warm. Jeden Tag, während Hans die Strassen bewanderte, nahm die Herrin des Hauses, wo er übernachtet hatte, bei Tagesanbruch einen Laib Brot aus dem Sack des Holzschuhmachers und ersetzte ihn durch einen anderen Laib, der dem des Vortags glich, nur dass er frisch aus dem Ofen kam.

DIE LOBLIEDFURCHE

Ein Sonnenstrahl drängt sich honigfarben durch die Türen des Schrankbetts. Yfig öffnet halb ein Auge. Auf dem weissen Kalkanstrich der Wand sieht er sich die Bilder zweier merkwürdiger Vögel abzeichnen, die eine Krone aus Spindeln als Federbusch tragen. Diese beiden Pfauen wurden von dem Schreiner auf die Türen geschnitzt, der das Bett erbaut hat, etwa zu der Zeit, als Napoleon der Junge in Frankreich Kaiser war. Der Schreiner ist seit langer Zeit tot, aber die Pfauen erwachen jeden Tag mit der Sonne und befehlen Yfig aufzustehen, um in die Schule zu gehen, wo man auf Papier die Geschichte des Kaisers lesen kann, der auch tot ist. Yfig fühlt sich äusserst glücklich, übersprudelnd vor Leben und er öffnet die andere Hälfte des Auges, um das Leben besser geniessen zu können. Es ist ihm in den Sinn gekommen, dass heute Donnerstag ist. Heute ist der Grossvater Gwénolé nach Kerlaeron gegangen, den Gaul auszuleihen, um den „Mispelacker" umzupflügen und Yfig wird den Gaul führen. Er ist wie ein Mann also, wie ein Grossknecht, oder fast.

Der Grossknecht Yfig öffnet mit einem Mal die Türen seines Bettes, springt in seine Beinkleider, steigt in seine Holzschuhe hinein und rennt hinaus, ohne einen Blick für die Schalen voller Suppe, die auf dem Tisch dampfen. Zuerst muss man den Dreck aus den Augen wischen. Der Suppengeruch ist viel besser, wenn die Haut sauber auf dem lebenden Wesen ist. Vor dem Brunnen steht hemdsärmelig Grossvater Gwénolé und macht ein Spektakel rund um einen Eimer Wasser. Er füllt beide Hände mit Flüssigkeit und spritzt sich diese mit Handbewegungen ins Gesicht bis sämtliche weitaufstehenden Öffnungen vollgestopft sind. Und so schnäuzt er sich die Nase, bearbeitet seine Ohren, leert seinen Hals, und so hustet und niest er und fängt an, donnernd zu lachen, als er seinen Enkel auf den Eimer zurennen sieht : „Na, kleiner Kerl, habt Ihr die Flöhe genug gefüttert ? Kommt näher her, zur Christenweihe !" Yfig weiss genau, was geschehen wird. Der Grossvater wird mit seinen Händen eine Schale formen, er wird damit eine Schale voll Wasser schöpfen und er wird diese Schale unten öffnen und über den Schädel des Knaben giessen. Dieser wird den Kopf gesenkt halten, aber er wird fühlen wie Brunnenwasser sein Genick entlang bis unter sein Hanfhemd läuft. Und die beiden Kerle werden weiter schallend lachen, ein Gelächter nach dem anderen und sie werden sich wieder gegenseitig bespritzen, während der Hund Vaoig zwischen ihnen herumspringt, dieser alberne Hund mit etwas zu langen Beinen, etwas zu kurzen Ohren und dem Schwanz so platt wie die Nase. Bis zu dem Moment, wo man die Mutter des Jungen auf der Schwelle des Hauses hört : „Vater, die Suppe wird kalt. Seid Ihr nicht mit dem Possenreissen fertig ? Ihr seid nicht vernünftiger als das Kind." „Oh nein, mein Gott, das bin ich nicht", lachte Grossvater Gwénolé.

Die beiden Männer, der grosse und der kleine, kehren ohne Eile ins Haus zurück. Man darf nicht zu hastig ans Morgenessen stürzen, solange man es noch nicht verdient hat. Yfig wischt mit einem Lappen um seinen Mund, um ihn zu trocknen. Der Grossvater lässt sein Brunnenwasser von der Sonne trocknen, um Schweiss zu sparen. Er steht vor seiner Suppenschale mit seinen grauen und nassen Haaren, die ganz zerzaust um seine kahle Stirn stehen, wie ein Elsternnest nach einem Gewitter. Er sieht zum Himmel, öffnet die Arme, zeigt seine Handflächen : „Gesegneter Herr, Heiliger Gwénolé", sagt er. „Wenn mein Herz vor Dir nicht rein ist und mein Geist ohne Hintergedanken, wenn ich ein zu schlechter Mensch bin für die unvergleichliche Nahrung, die mir von Seza bereitet wurde, dann mach, dass die Schale in zwei Stücke zerfällt und dass die Suppe im Lehmboden verschwindet." Die letzten Worte sind fast Schreie. Das Geschirr zittert auf dem Kaminbrett in silbernem Klang. Der Grossvater wartet einen Moment, die Augen weit über der Suppenschale aufgerissen. Yfig wartet mit noch grösserer Furcht. Er weiss, dass der Grossvater gestern Abend vom Trinken ein wenig erhitzt nach Hause gekommen ist. Vielleicht ist der heilige Herr Gwénolé wütend und wird die Schale in Stücke zertrümmern ? Es geschieht nichts. Der Grossvater bekreuzigt sich und beginnt mit dem Löffel zu arbeiten, damit er die Suppe herunterbekommt. Yfig versucht ihm zu folgen, strotzend vor Stolz, weil er einen Grossvater mit reinem Herzen und ohne schlechte Gedanken hat.

Kurz darauf sind die beiden auf dem Acker. Die Sonne scheint hell. Die Vögel zwitschern in der Hecke. Die vom Pflug aufgerissene Erde verbreitet ihren warmen und starken Geruch. Während Yfig den Gaul so gerade wie möglich führt, wird er mit einem Stoss von der Schulter des Tieres zu Boden geworfen, das von seinem Weg abkam. Sofort hört man die donnernde Stimme des Grossvaters, der Loblieder auf den Heiligen Gwénolé singt, aus dankbarem Herzen und aus Freude, die Welt im Frühling so schön zu sehen. Er hat die Pflugsterze losgelassen, und der Pflug ist schief gelaufen, wie ein vom Trinken erhitzter Mann, bevor er auf die eine oder andere Seite fällt. Morgen, wenn der Acker von einem bis zum anderen Ende gepflügt ist, werden die zur Arbeit gehenden Menschen die ganz schiefe Furche inmitten der schnurgeraden Furchen sehen und sie werden mit einem Lächeln sagen : „Schaut ! Die Lobliedfurche ! Der alte Gwénolé hat wieder Loblieder auf seinen Paten im Himmel gesungen."

DER FRIEDHOF DER EINÄUGIGEN

Wenn ich Euch heute die erfreuliche Geschichte des Friedhofs der Einäugigen erzähle, dann nicht, um Euch mit dem Gottesacker zu belustigen, wo man nicht viel unnötige Worte hört und noch weniger Lachen. Auch nicht, um im Geringsten über die zu spotten, denen es im Laufe ihres Lebens geschah, ein Auge zu verlieren. Leider, wo es doch besser gewesen wäre, wenn gewisse Andere ihre Zunge verloren hätten, denn diese dient ihnen nur zum dumm herum Schwatzen. Dann hätte ich Euch genauso gut das Märchen des Obstgartens der Hinkenden oder des Herrenhauses der Griesgrame erzählen können, zum Beispiel, aber dies ist kein Märchen. Es ist die Wahrheit. Man braucht die Wahrheit nicht in einen Schwank zu verwandeln, seufzte der Hund von Alain Le Goff, wenn er das Opfer von Zahnschmerzen war.

Auf ! Es ist Zeit, mit der Rede zu beginnen, um Euch zu lehren, wie es kommt, dass man immer zuviel spricht. Und da ich gerade an den Hund von Alain Le Goff denke, so ist das der Hund, der hinter sämtlichen Beerdigungen herlief, armen oder reichen, ohne eine einzige zu versäumen. Seit das Tier tot ist, hört man jedesmal, wenn irgendein Treffen nicht viele Leute versammelt, sagen : „Es war kein Hund da, nicht einmal der von Alain Le Goff.“ Aber niemals ist der arme Hund hinter einer Beerdigung bis zum Friedhof der Einäugigen hergelaufen. Und so bin ich wieder bei meinem Thema. Versuchen wir diesmal, standhaft dabei zu bleiben und lassen wir das Gespenst des Hundes, wo es ist.

Der Herr der Wassermühle besass hinter seinem grossen Haus ein Dickicht und er wusste nichts damit anzufangen. Die Bäume tragen kein Korn und die Müller beschäftigen sich mit Korn und Mehl. Der arme Gwénolé besass ein Haus voller Kinder und wusste nicht, wie er genug Mehl finden konnte, um ihnen Pfannkuchen zu backen. Um Mehl zu bekommen, muss man dem Müller Korn geben und Korn geht nicht in der Handfläche auf. Und so kam es, dass der Müller, der kein schlechter Mensch war, vor allem, wenn er früher oder später einen Nutzen zog, Gwénolé eines Tages anbot, sein Dickicht zu roden und den Boden urbar zu machen. Dadurch könnte er den Acker bestellen und die Ernte für seine Mühe einholen. Gwénolé zog dankend seinen Hut, griff zu seiner Axt und seiner Hacke und nahm die Bäume, das Buschwerk, den Ginster und die Dornen so in Angriff, das das Land unter dem Echo seiner Schläge erzitterte.

Das Dickicht lag an der grossen Strasse. Jeder Vorbeikommende machte Halt, um unseren Herrn Gwénolé zu betrachten, wie er seinen Schweiss in sein Hemd vergoss, ja es war ein Jammer, und fragte : „Was macht Ihr da, Gwénolé ?“ Und Gwénolé antwortete, zwischen zwei Schlägen und Tag für Tag : „Ich fälle, ich rode, ich ebne.“ Die Leute gingen weiter und andere kamen darauf : „Was macht Ihr da, Gwénolé ?“ „Fällen, roden, ebnen.“ Am Ende konnte der

Um Mehl zu bekommen,
muss man dem Müller Korn geben
und Korn geht nicht in der Handfläche auf.

arme Teufel nicht mehr in seinem Bett schlafen, ohne durch seinen Traum hindurch und die ganze Nacht entlang siebenhundertundzwanzig tiefe, brüllende, helle, schrille Stimmen zu hören, die ihn befragten : „Was macht Ihr da, Gwénolé ?“ Es war zum Verrücktwerden.

Eines Tages kam Josephine die Triefäugige die Strasse entlang, ein altes Weib, das von Kopf bis Fuss eine lebende Zunge war. Und schon erschallte seine Stimme, so kreischend, dass die Vögel auf einen Schlag verstummten : „Was macht Ihr da, Gwénolé ?“ Der trocknete mit seinem Handrücken den Schweiss auf seiner Stirn und seufzte lange : „Kommt heran, liebe Josephine, kommt noch näher ! Ich muss Euch die Sache in Euer Ohr flüstern, wegen der Vögel, die auf der Lauer liegen. Und verratet das Geheimnis bloss nicht an irgendeinen hergelaufenen getauften Christen, wenn Ihr nicht wollt, dass im Land die Revolution ausbricht. Kommt noch näher !“ Josephine zitterte dermassen vor fiebriger Wissensgier, dass sie sich beim Überklettern der Böschung an einem Dornenbusch die Nase verkratzte. „Hört zu, Weib, in wenigen Worten. Herr Bürgermeister hat beschlossen, hier einen neuen Friedhof einzurichten, der nur für die Einäugigen der Pfarrgemeinde gedacht ist. Warum die Einäugigen und nicht die Hinkenden oder die Griegrame, das weiss ich nicht, es genügt mir so.“ Und Gwénolé packte erneut seine Hacke, während die Henne fortflatterte, um die Neuigkeit über dieses frisch gelegte Ei auszugackern.

Meine armen Kinder ! Am nächsten Morgen wurde der Herr Bürgermeister von der gesamten Bevölkerung der Pfarrgemeinde im Rathaus erwartet, hin bis zum Neugeborenen. Welch ein Heidenlärm ! Die Einäugigen fragten, warum man sie nicht für gut genug hielt, um neben den anderen in die geweihte Erde hinabzukommen. Die Anderen beschwerten sich, weil man, ihner Ansicht nach, die Einäugigen bevorzugte. Und der Hund von Alain Le Goff wartete auf seinem Schwanz sitzend. Man schickte sofort den Glockenläuter auf die Suche nach Gwénolé, dem ersten Verfasser der Neuigkeit. Gwénolé erschien ohne Eile und erklärte, mit Engelsruhe : „Es gibt keinen Friedhof der Einäugigen. Na und ! Alle, die auf der grossen Strasse vorbeikamen, fragten mich ‘Was macht Ihr da, Gwénolé ?’. Und doch sahen sie genau, dass ich dabei war zu fällen, zu roden, zu ebnen, denn sie sind Landleute wie ich. Ihre Frage war recht dumm, nicht ? Also habe ich mir in meinem Kopf die dümmste Antwort ausgedacht, die ich finden konnte.“

Acht Tage lang gab es in dem Dorf genug zu lachen, der Einfall Gwénolés ging im ganzen Land um, hinter dem Hund von Alain Le Goff her. Und somit erwarb das ehemalige Dickicht der Wassermühle den Namen Friedhof der Einäugigen.

Und niemand wagte von nun an in dieser Gegend irgendjemanden zu fragen : „Was macht Ihr da ?“ Viele Worte weniger und eine Geschichte mehr.

DIE ROTEN ÄPFEL

Zu der Zeit, von der ich Euch erzähle, waren die Äpfel seltener als die Kinder in dem Dorf Lanbrug. Tatsächlich gab es genug Obstgärten, die mit all ihren Bäumen rauschten, wenn der Meereswind aufkam, aber sie waren so eng ummauert, wie die abenteuerlichen Burgen der Tafelrunde. Dazu kam, dass die Äste, die über die Mauern wuchsen und über der Strasse hingen nur saure Äpfel trugen, gut genug für die Schweine, Äpfel zum Durchfallkriegen, die vor Eurer Nase herunterfielen, wenn sie vom Stiel bis zum Kerngehäuse verfault waren, also Pfui ! Noch dazu, wenn sie wenigstens zum Ballspielen hätten dienen können ! Aber beim ersten Tritt mit dem Holzschuh zersprangen sie in zwei oder drei Stücke und zeigten ihr fades Fleisch, das dem Hunger spottete. Davon bekam man einen Bauchvoll Wut, hört mal, wenn man schlechter Laune war. Nein, es war nicht einfach, mit den Zähnen in einen ehrlichen Apfel zu beissen, nirgendwo, ausser hinter dem Haus von Alain Strullu, wo durch Gottes Gnade, ein grosser, einzelner Baum gewachsen war, ohne die geringste Hecke oder die geringste Mauer herum, ein Baum, der alle zwei Jahre seine Last rotgefleckter Äpfel trug, ein Wunder an Geschmack, Ihr Christen, die ursprüngliche Frucht aus dem Paradies auf Erden. Bessere Äpfel findet man nirgends auf der Welt, solange noch ein Baum steht, und auch nachher nicht. Sie waren so geschätzt im Land, dass Scharen von Taugenichtsen aus dem ganzen Landstrich herbeieilten, um sie zu stürmen, obwohl sie von den Kindern Lanbrugs arg verteidigt wurden, denen zuzutrauen gewesen wäre, die ganze Pfarrgemeinde von Steinen zu säubern, um im Monat September Tag und Nacht einen Bauernkrieg gegen die Begehrlichkeit der Fremden zu führen, um die „Rotgefleckten" zu retten.

Und der Besitzer der Äpfel ? Mein Gott, Ihr armen Leute, ich weiss nicht, wie es kam, aber der Besitzer der Äpfel war schon seit Menschengedenken immer ein Strullu, ein alter Junggeselle. Der letzte von ihnen, Alain, war noch mehr Junggeselle als die anderen vor ihm, denn er hatte weder einen Neffen, noch eine Nichte, niemanden, um seine Äpfel zu essen, niemanden ausser sich selbst. Und Alain, wie die anderen Strullu, mochte keine Äpfel. Ausserdem war er nicht arm genug, um darauf angewiesen zu sein, die Früchte seines Baums zu verkaufen. Wozu dienten ihm also die Rotgefleckten ? Zu nichts, ausser mit den Dieben zu spielen, unter dem Vorwand, seinen Körper in Bewegung zu halten. Alain war ein trockener und lebendiger kleiner Mann. Er ging gewöhnlich barfüssig, ausser mitten im tiefsten Winter, wo es vorkam, dass er in einem Paar Buchenholzschuhen mit einer Lage Heu darin umherging. Die Leute erzählten, wie Alain seinen Wehrdienst nicht machen durfte, da er Lederschuhe nicht vertrug, ohne in Verzweiflung zu geraten. Er musste einmal im Monat zum Hufschmied gehen, um sich die Fussnägel mit der grossen Zange schneiden zu lassen. Seine Hornhaut war so dick, dass der Kerl auf den frischen Stoppeln der Felder nach der Ernte so gut lief wie auf einem Wollteppich. Wenn jetzt aber die Äpfel reif waren, dann lag Alain hinter seinem Stallgiebel auf der Lauer und wartete darauf, dass die Bengel zum Stibitzen der Rotgefleckten kämen. Er liess sie in den Baum klettern, ihre Hemden vollstopfen und dann liess er plötzlich ein schreckliches Brüllen in ihre Richtung los : „Diebe !“ Sofort liessen sich die Kinder durch die Blätter hindurch herunterfallen und kreischten so laut es ging, wie ein Hennenschwarm, der von einem Steinwurf auseinandergetrieben wird und sie nahmen so schnell wie möglich nach allen Seiten Reissaus. Alain Strullu sah sie rennen, und er brauchte nicht lange dazu, um den auszumachen, welcher sich als schnellster erwies. Dann spuckte unser Mann in seine Hände und nahm seinen Anlauf, um hinter dem Flüchtenden herzustürzen. Auch wenn der im Rennen nach links oder rechts abbog, durch die Löcher in den Hecken kroch, Alain schnitt ihm jedesmal den Weg ab, sprang über die Böschungen und packte ihn am Schlafittchen. Der Apfeldieb kreischte und schrie nach Hilfe. Aber umsonst. Der Besitzer der Rotgefleckten zog ihm die Beinkleider bis zu den Fersen herunter und schlug mit Begeisterung auf die frische Haut, bevor er das arme Opfer losliess, das Hinterteil so rot wie seine Backen. Der Junge vergoss ein paar Tränen, zog seine Beinkleider über sein brennendes Hinterteil und tröstete sich schnell, indem er die umherliegenden Äpfel auflas. Denn Alain Strullu liess dem Dieb immer sein Diebesgut als Preis für die Prügel und kehrte glückselig pfeifend nach Hause zurück. Ein guter Mann, nicht !

Die Zeit verging, Alain war alt geworden und Rheuma biss ihm die Glieder, der Läufer brauchte einen Stock, um sich herumzuschleppen. Von da an verboten die Eltern ihren Kindern, seine Äpfel zu stehlen, da der arme Teufel nicht mehr fähig war, hinter ihnen herzujagen. Hinter seinem Hausgiebel vergoss Alain seine Tränen, als er die Rotgefleckten faulen sah, ohne nunmehr keinen einzigen Plünderer anzulocken. Er überlebte nicht lange. Als der letzte Strullu gestorben war, vertrocknete der wunderbare Baum plötzlich und der unvergleichliche Geschmack der rotgefleckten Äpfel war für sämtliche Kinder dieser Erde verloren.

*Zu der Zeit, von der ich Euch erzähle,
waren die Aepfel seltener als die Kinder
in dem Dorf Lanbrug.*

DAS NARRENKORN

Es war einmal, irgendwo in der Bretagne, ein kleiner Knabe, der niemals lachte. Sagt nicht, das sei nicht wahr. Es ist Joz Scuiller aus der Pfarrgemeinde Tréguennec, der mir dessen Geschichte erzählte. Wenn ich wählen müsste zwischen einem einzigen Wort von Joz Scuiller und den Wagenladungen voller geschwärzten Papier, die in Quimper in dem grossen Haus der Archive aufbewahrt werden, dann steckte ich diese ganze Tinte in Brand. Fragt mich auch nicht, wo der kleine Knabe wohnte. Er wohnte überall dort, wo man Bretonisch spricht. Nun seid Ihr zufrieden !

Er konnte nicht die Aprilsonne anlachen, nicht die Blüten, die sich im Weissdorn öffnen, nicht sein Spiegelbild in der Quelle, er lachte nicht über die Katze, die mit einem Hanfstrang spielte und nicht über den Meeresschaum in den Kieseln. Auch über die Grimassen der Menschen lachte er nicht. Er hatte nicht gelacht in seiner Wiege, als er Bekanntschaft mit seinem nackten Fuss geschlossen hatte. Nicht einmal mit seiner Mutter konnte er lachen. Und doch hatte die arme Frau alles Mögliche und Unmögliche versucht, es ihn zu lehren. Hundert Mal hatte sie die Streiche des Feldhasen erzählt, der auf der kleinen Wiese der Handkuhle frass und der den fünf Fingern entkam und sich in den Nabel des Kindes flüchtete. Aber das Kind lachte nicht einmal, wenn man ihm den Nabel kitzelte. Es guckte ernsthaft seine Mutter an. Man erkannte in seinen Augen viel Zuneigung für sie, aber noch mehr Nachsicht. Sie hatte nicht seinen ersten Zahn durchbrechen sehen. Was seinen Vater angeht, so wagte dieser nicht zu ihm aufzuschauen. Er kam sich vor wie vor einem Richter.

Das zu weise Kind hatte keine Freunde. Die Himmel- und Höllespieler, die Kreiselwerfer, die Pfeifenschnitzer, die Steinschleuderbenutzer, die Pfadfindertrupps in seinem Alter nannten es „Korrigan", weil es in sich schon die Seele eines Alten trug, bevor es seine ersten Beinkleider angezogen hatte. Niemand hat es jemals rennen sehen. Es verbrachte seine Zeit damit, sich um einen Vogel zu kümmern, den es in einen Käfig gesperrt hatte. Und zwar nicht, um sich an dessen Tummeln oder Gezwitscher zu erfreuen, sondern um ihn vor Raubvögeln, Katzen und dem Winter zu bewahren. Es fütterte ihn sorgfältig, unterhielt sich mit ihm, wenn sie allein waren und warf ihm seinen dummen Kopf vor, wenn er an die Stäbe rannte. Jedes Jahr am Ende des Herbstes erhob es die Stimme und bat seinen Vater sämtliche Vögel in den Feldern vor dem Kälteeinbruch ins Haus einzusperren. Es hatte ein gutes Herz, dachte aber nicht an die Freiheit der Tiere. Man muss von Geburt an lachen können, um solche Gedanken zu haben. Dies konnte es nicht.

In einem Jahr gegen Weihnachten ging seine Mutter nach Plonéour, um die Spitzen abzuliefern, die sie nachts auf Kosten ihres Augenlichts häkelte. Auf dem Platz war ein Süsswarenladen, in dem man auch Orangen feilbot. Die arme Frau hätte gerne eine für ihren Sohn erstanden, aber hätte der sie auch gegessen, dieser kleine Mönch in der Wüste ? Sie ging seufzend weiter, als die Händlerin, eine unbekannte Frau mit merkwürdiger Haube, mit sanfter Stimme zu ihr sprach : „Für Euren Sohn, Marie-Jeanne, braucht Ihr ein Narrenkorn.“ Sie bot ihr eine Art graue Haselnuss, auf eine Schnur aufgezogen : „Das hängt ihm um den Hals, unter das Hemd. Und dass er es ja sieben Jahre anbehält !“ Die Mutter nahm das Ding und suchte in ihrem Rock nach ihrer Geldbörse. Als sie wieder aufschaute, war nichts mehr vor ihr, nichts mehr ausser dem Stein des Prangers, der immer dort ist. Marie-Jeanne freute sich so sehr, dass sie nicht weiter zu verstehen suchte. Ihr und ich, wir hätten unseren Mund weit der Sonne zu aufgerissen, um besser staunen zu können. Aber wir haben kein Kind geboren, das nicht lachen kann.

Und so kam es, dass der kleine Knabe am Weihnachtsmorgen in seinem Holzschuh ein aschefarbenes Korn fand. Kaum hatte er es um seinen Hals gehängt und einen Augenblick auf seiner Brust erwärmt, so sah man sein Gesicht sich verändern. Und plötzlich, zum ersten Mal, hörte man sein Lachen. Er begann sich zu drehen, zu springen, auf dem Lehmboden seines Hauses zu tanzen und sagte sämtliche, seit seiner Geburt gehörten Verse auf, ohne eine Augenbraue zu verziehen oder einen Zahn zu zeigen. Er sprang auf den Rücken seines Vaters, den er wie ein Zirkuspferd traben liess und lachte schallend. Er knüpfte zum Spass das Haubenband seiner Mutter auf, die vor Freude fast erstickte. Und er lachte immer noch. Zum Schluss stürzte er hinaus und versammelte alle Kinder des Viertels zum Blindekuhspielen. Als er abends nach Hause kam, hatte er seine Beinkleider vom In-die-Bäume-Klettern zerrissen. Bevor er zu Bett ging, öffnete er den Käfig und befreite seinen Vogel. Nachts hörte man ihn im Schlaf lachen und pfeifen. Draussen hatte es angefangen zu schneien.

Am nächsten Morgen, als er aufwachte, verschlang der neue Draufgänger seine Kaffeesuppe und ging hinaus, Abenteuern nachzuhasten. Als er jedoch durch den Obstgarten kam, fand er seinen Vogel vor Kälte ganz steif auf einem toten Ast hockend. Das Kind hatte sich seit dem Vortag viel verändert, aber es war weiterhin gutherzig, das Narrenkorn konnte nichts dagegen. Es knöpfte sein Hemd auf und legte den Vogel gegen seine Haut, um ihn zu beleben. Das kleine Tier belebte sich und da es einen Riesenhunger verspürte, verschluckte es das aschefarbene Korn, das in Reichweite seines Schnabels an der Schnur hing. Dann flog es davon, während das Kind das Gewicht der Weisheit auf seine Schultern zurückfallen spürte.

Es kehrte nach Hause zurück. Draussen riefen seine Kameraden mit grossen Schreien, mit lauten Pfiffen nach ihm. Es hörte sie nicht mehr. Mit trockenen Augen sass es nachsinnend vor dem leeren Käfig. Und da hörte man Flügelrauschen. Der Vogel war zurückgekommen. Er huschte von selbst in seinen Käfig und bewegte sich nicht mehr. Er sah alt aus. Das hatte das aschefarbene Korn aus ihm gemacht. Die Verrücktheit der Menschen, das ist die Weisheit der Vögel und wenn ein Vogel weise wird, dann will er seine Freiheit nicht mehr. Der kleine Mensch und das kleine Tier betrachteten sich lange. Sie konnten beide weder lachen noch zwitschern. Und doch hatten sie es gekonnt.

Als die Mutter von den Feldern zurückkam, fand sie sie beide tot liegen.

Zur damaligen Zeit, so sagt man,
gab es nur noch einen Kahn zwischen Penhors und La Torche,
und dieser Kahn war der seine.

DER MANN MIT DEM KAHN

Wie verschied der Mann mit dem Kahn ? Nur wenige Menschen werden in der Lage sein, Euch das erzählen zu können. Seine Geschichte ist das letzte Geschenk, das ich von dem Strassenarbeiter erhielt, den man, bei uns, den Mann aus Tréguennec nannte, bevor er seinen Ruhestand in seiner Heimat antrat. Und seine Heimat ist zwei Wegstunden von meiner entfernt, was für mich, vor dreissig Jahren, eine aussergewöhnliche Reise darstellte. Als ich ihn wiedersehen wollte, hatte man ihn schon zu Grabe getragen, ihn und seine Erinnerungen. Und deshalb dürft Ihr mir nicht böse sein, wenn die eine oder andere Sache in meiner Geschichte fehlt. Ich erinnere mich daran, dass der Mann aus Tréguennec selbst einen ganzen Abend lang in seinem Kopf suchen musste, ohne ein Wort zu sagen, bevor er auf seiner Zunge genügend Worte zusammenbrachte, um den Mann mit dem Kahn auf die gerechte und angemessene Weise wiederauferstehen zu lassen, die ehrenwerten Dahingeschiedenen ziemt. Dies war um so schwieriger, als die alten Sitten der Küstenbewohner von ihren Nachkommen nicht mehr richtig verstanden wurden. Hört also zu.

Der Mann mit dem Kahn hatte ohne Zweifel einen Namen, der ihm von seinem Vater kam, ausser sein Vater selbst wurde auch schon der Mann mit dem Kahn genannt. Ein Name, das ist nichts Besonderes, da ja der gemeinste Köter seinen hat. Eine Name ist nur gut, um über jemanden zu täuschen, denn jemand namens Rot ist manches Mal so schwarz wie Russ und jemand namens Lang kürzer als eine Rübe in trockenen Jahren.

Ein Name hat Wert nur für den Ahnen, der ihn seinerzeit errungen hat und jedermann kann nicht Eisenstirn oder Löwenherz heissen. Und deshalb, da Bodenbesitz den Adel ausmacht, ist es der Name der Ländereien, der sich leichter überliefert, da das Land den Wert ausmacht. Der Bauer selbst nimmt lieber den Namen seines mageren Hofs an, als den seiner Familie, so wie auch der König Frankreichs nicht gerne Capet genannt wird. Wir brauchen also keineswegs zu wissen, wie der Mann mit dem Kahn auf seinen Papieren bezeichnet wurde. Er war Herr eines Kahns, dieser Kahn war sein Besitzgut und der Rest ist uninteressant, wie Ihr gleich verstehen werdet.

Zur damaligen Zeit, so sagt man, gab es nur noch einen Kahn zwischen Penhors und La Torche, und dieser Kahn war der seine. Fragt mich nicht, wie die anderen verschwunden waren, der Meeresgrund weiss bestimmt etwas davon. Der Mann mit dem Kahn fischte ganz alleine in der Bucht, abseits der Flotten von Penmarc'h oder Audierne. Er war kein ungeselliger Mensch, aber er hatte seinen eigenen Kopf und niemandem ist es je gelungen zu erfahren, was in diesem Kopf vorging. Niemandem, und schon garnicht seinem Weib, einem dunkelhaarigen, verschlossenen Geschöpf, das zwei oder drei kahle Äcker im Sumpfgebiet hinter dem tönenden Kieselstrand aufkratzte, um ein paar Kartoffeln um seinen Fisch herum legen zu können. Er, er lebte nur für das Meer und trug Sorge nur für seinen Kahn. Niemals kümmerten sich seine Hände um etwas anderes als den Mast, das Segel oder den Rumpf. Vielleicht hatte er überhaupt kein Interesse am Fischen, denn es kam oftmals vor, dass er seine Netze auf dem Trockenen liess und an diesen Tagen mussten die Kartoffeln ohne Fisch auskommen. Zudem waren die Aufgaben seines Weibes so gut von den seinen getrennt, dass der Mann mit dem Kahn sich nicht dazu herabgelassen hätte, einen Spatenstich zu tun oder sich gar um die Kuh zu kümmern, wenn in den fetten Jahren eine im Stall stand. Das Weib seinerseits ging niemals mit seinen nackten Füssen weiter hinab als bis an die Algenlinie, die die Grenze der Flut bezeichnete, denn sein Mann hatte ihm ein für alle Mal erklärt, dass ein wahrer Seemann mit eigener Kraft bis dahin kommen müsse, bevor er die Bauern um Hilfe bitten durfte. Derartig waren die Sitten der Alten.

Und weil dieser Brauch geachtet wurde, starb der Mann mit dem Kahn, als er schon alt und halsstarriger denn je geworden war. In einer Septembernacht erschien ein grosses Schiff und lief mit vollem Segelwerk auf die Riffe vor Penmarc'h auf. Der Wind war so stark, dass die Mars- und die Bramsegel abrissen und bis über eine Wegstunde weit aufs Festland getragen wurden, wo die Bauern sich recht rauhe Hemden daraus machten.

Der Mann bestrich die Küste, wie er es bei aufkommendem Sturm jedesmal machte. Mit tausend Mühen gelang es ihm, seinen Kahn in die Wellen zu schieben. Als erster gelangte er an das zerschellte Schiff. Er rang die ganze Nacht, die verlorenen Seelen zu retten. Als die Morgendämmerung aufkam, nach sechsmaligem Hin und Her, hatte er siebzehn Schiffbrüchige in den Hafen von Saint-Guénolé zurückgebracht. Ohne ein Wort stach er erneut in See und nahm Kurs auf seine Kate, deren geweisster Giebel über dem Sumpfgebiet leuchtete. Als der Kahn auf dem Strand auflief, brach er todmüde zusammen. Es war Ebbe. Die Flut belebte den armen Kerl wieder. Er stieg aus seinem Kahn und kroch auf den Knien in Richtung des Kieselbandes. Aber er war zu sehr ausser Atem und das Meer holte ihn ein und stieg immer höher. Dort, hinter der Algenlinie erwartete ihn sein Weib, steif stehend und einen Wollstrumpf strickend. Es musste ihm mit eigenen Kräften gelingen. Aber die Wellen zerbrachen jetzt auf seinen Schultern und warfen ihn jedesmal um. Er konnte noch sehen, wie sein steuerloser Kahn an ihm vorbeitrieb ohne Lebewohl zu sagen, er hörte noch das Geräusch des Kiels, als der an das letzte Riff aufschlug. Und da liess er sich gehen. Als er vom Meer verschluckt wurde, dreissig Schritte vor der Strickerin, da steckte diese ihr Strickzeug weg und setzte sich auf die Kiesel, um ein Totenlied anzustimmen.

Später errichtete die Witwe mit eigenen Händen einen Schweinestall für ein kleines Schwein. Sie wollte ein bisschen gesalzenen Speck haben, damit die Kartoffeln fetter würden. Und es war der Kahn, der als Dach für den Schweinestall diente. Von da an wurde der kleine Bauernhof „Der Kahn des Mannes“ genannt. Und das war der ganze Unterschied.

DER FISCHER NONNA

Die Wahrheit, wenn sie sehr gealtert ist, nimmt die Farben der Legende an. Eine ganz frische Lüge von heute wird vielleicht die Wahrheit von morgen. Darum bitte ich Euch, Euch nicht darum zu kümmern, was in der Geschichte von Klein-Joseph im Paradies wahr oder falsch ist.

In jenem Jahr verloren die Fischer von Penmarc'h zuerst die Spuren der Fische. Dann rissen ihnen die Tümmler die Netze in Stücke. Und schliesslich zerstörte der Sturm ihre Boote und versenkte die meisten davon. Kaum ein paar Unglückliche konnten auf Wracks bis zur Küste zurückkehren. Trauer und Tränen sind für arme Menschen zu teuer. Sie können ihnen keine Zeit opfern. Man war noch nicht fertig, die Totenmessen zu singen, so war auch schon der Mangel da, dicht gefolgt von der Not und dem bleichgesichtigen Hunger. Ein sehr schwarzer Monat griff die Hungernden mit seiner eiskalten Faust. Von jetzt war es nicht mehr das Herzklopfen, dass, zu schwach, vom Leben zeugte, sondern ein stumpfer Schmerz im Mageninnern. Die Sand- und Felsmuscheln genügten nicht, ihn zu betäuben. Die Tanghaufen waren im Monat September verbrannt, wie gewöhnlich. Die Küste entlang irrten menschliche Gespenster auf der Suche nach Resten, mit denen man Feuer machen konnte. Aber das Meer selbst wollte nichts hergeben. Und der Wind plagte die jämmerlichen Gerippe in den gänzlich verschlissenen Lumpen aus Tuch. Man musste fortziehen zum Betteln bei den Menschen im Landesinnern, die selbst notleidend waren, aber deren Scheunen und Speicher nicht ganz leer waren.

In trostlosen Herden zogen die Frauen und Kinder in die nahen Landstriche, das Mitleid der Landleute zu erwecken. Aber der Fischer Nonna musste selbst losziehen. Seine Frau war vom Hunger zu geschwächt und seine Kinder zu klein. Er schnitt sich einen Bettelsack aus einem Stück Segel und ging ganz allein in Richtung Nordosten, dort, wo man am Horizont von diesen Baumgruppen sieht, die nicht unfruchtbare Kiefern sind, sondern die gut ausgestattete Pachtgüter schützen. Gegen 4 Uhr nachmittags, kam unser Mann vor Kerbeskont an. Er wollte gerade das Gatter öffnen, als er sich geschwächt auf die Spuren seiner eigenen Füsse setzen musste, die Ohren voll vom Geräusch seiner Eingeweide, die lauter als ein Bienenvolk summten. Ein herrlicher Duft erfüllte den Hof, aromatisierte die Bäume und verzehnfachte seinen Hunger. Man bereitete den Kaffee in dem Haus.

„Gut", sagt sich Nonna. „Der Kaffee am Jahresende ist die Leckerei der Frauen. Die Frauen haben ein weicheres Herz als die Männer. Ausserdem ist es mir lieber, sie um ein Almosen zu bitten als ihre Männer. Ich, ein Mann im besten Alter, es wäre mir eine Schande, meine Hand vor meinesgleichen auszustrecken, selbst wenn ich nicht schuld bin an der Not, die mir anheim gefallen ist. Auf ! Mut, mein Junge ! Ich wette, sie sind ein halbes Dutzend beim Schwatzen um eine Kaffeekanne." Und Nonna näherte sich behutsam dem angelehnten

Fenster. Er hatte seinen Rosenkranz aus der Tasche gezogen und wollte gerade ein Vaterunser oder ein Ave Maria zwischen die Fensterflügel hindurchsagen, als er eine Gevatterin folgende Worte ausschwatzen hörte :

„Es ist ein Jammer, eine Erzschande. Diese Leute da haben ihren einzigen Sohn sterben sehen, bevor er zur Armee ging. Ein so netter Junge, so freundlich mit jedermann. Und die, reich wie die sind in Kerstribilh, die haben ihn mit Lumpen auf dem Leib beerdigen lassen, ja so kann man es nennen, und ohne die geringste Wolljacke, mitten im Winter. Der heilige Petrus war erschüttert, als er Klein-Joseph ins Paradies hochkommen sah mit Flicken auf dem Hemd." Die Gevatterinnen beantworteten ihre Leier im Chor : „Armer kleiner Engel ! Armer Klein-Joseph im Paradies ! Es ist ein Herzensleid."

„Lästermäuler, harte Herzen", spricht Nonna in seinen Bart. „Und die anderen dort in Kerstribilh, müssen geizig wie ein Hund mit seinem Knochen sein. Es ist bestimmt nicht dank derer, dass ich meinen Bettelsack füllen werde… Oder vielleicht fülle ich ihn, wenn ich mich schlau genug anstelle. Mit solchen Leuten darf man nicht zu redlich sein, wenn man leben bleiben will !"

Und der Fischer Nonna zog sich geräuschlos zurück, mit heissem Kopf und schnellem Schritt. Ein wenig weiter traf er einen Greis der im Schutze einer Böschung seine Pfeife rauchte : „Bin ich noch weit von Kerstribilh, Grossvater ?" „Ganz nah, mein Sohn. Überquert diesen freiliegenden Acker, geht in das kleine Tal hinab und geradeaus bis zum Apfelgarten, den Ihr vor Euch seht. Da ist es. Aber Ihr, Ihr seid nicht von hier ? Ohne Zweifel ein Mann der Küste. Man sagt, die Fische machen sich rarer als die Läuse. Stimmt das ?" „Ich weiss nicht jetzt. Ich war Fischer, ja. Aber seit einiger Zeit wohne ich im Paradies." „Im Pa… Para… ", stammelte der Greis und liess dabei seine Pfeife zwischen seine Holzschuhe fallen. „Ja und ! Warum staunt Ihr ? Es sind doch wohl mehr Leute im Paradies als auf Erden, oder nicht ? Ihr werdet es sehen, Alter. Auf bald !" Nonna ging nach Kerstribilh hinab und hoffte inbrünstig, dass die Männer noch auf den Feldern waren. Auf dem Land verhandelt man besser mit den Frauen, jeder hergelaufene Landstreicher würde Euch das sagen. Sie verwalten das Haus und die Geldbörse. Man kann sie mit gewissen Themen in Verlegenheit bringen, genau da, wo die Männer Euch das grösste Misstrauen entgegensetzen, mit ihrer Manie, die Finger in die Wunden Christi zu stecken, bevor sie an die Wiederauferstehung glauben. Darum war der Fischer hübsch erleichtert, als er die Stimme einer alten Frau hörte, die Herein rief, nachdem er fertig war, sein Vaterunser mit lauter Stimme auf der Schwelle herunterzusagen. Die Hausherrin war über die Feuerstelle gebeugt, beschäftigt mit Pfannkuchenbacken. Sie drehte sich nicht herum, ihn anzuschauen.

„Gottes Segen sei mit Euch, meine Tante, und mit allen Seelen, die dieses Haus bewohnen."

Und schliesslich zerstörte der Sturm ihre
Boote und versenkte die meisten davon.

„Setzt Euch auf die Bank, mein armer Mann. Lasst mich mit diesem Pfannkuchen fertig werden, der nicht so will wie ich. Es ist auch die Schuld des Windes. Der dreht sich ständig. Kommt Ihr von weit ?“

„Von sehr weit. Ich bin durch ein grosses Stück dieser Welt gezogen, bevor ich hier ankam. Und ich habe keine Zeit, mich hinzusetzen. Ich muss um Mitternacht im Paradies zurück sein, ohne Verspätung.“

Bei diesen Worten überliess die Frau schnellstens den Pfannkuchen seinem schwarzen Schicksal und richtete sich auf. Überraschung stand in ihren sehr blauen Augen, aber keinerlei Angst. Offensichtlich lebte sie auf vertrautem Fuss mit den Dahingeschiedenen. Als sie ihren Gast so mager sah, bestand für sie kein Zweifel mehr.

„Im Paradies, Heilige Jungfrau ! Dann seid Ihr also tot !“

„Ja, tot. Und seit sehr langer Zeit.“

„Sagt mir schnell ! Vielleicht habt Ihr dort meinen Sohn Klein-Joseph gesehen ?“

„Wir sind einer neben dem anderen. Er ist es, der mir gesagt hat, nach Kerstribilh zu gehen, Euch Neuigkeiten von ihm zu erzählen.“

„Armer Klein-Joseph ! Er erinnert sich noch an seine Mutter. Und warum ist er nicht selbst gekommen ?“

„Er kann nicht. Die Wesen des Paradieses dürfen erst nach dem Tod all derer, die sie lebend kannten, auf die Erde herunterkommen. Habt Ihr schon einmal einen Eurer Leute nach seinem Tode leibhaftig vor Euch stehen sehen ?“

„Das ist wahr und das ist richtig. Und wie fühlt sich Klein-Joseph im Paradies, der Arme ?“

„Er lebt in Glückseligkeit. Ich kann Euch nicht erklären, was das ist. Aber eine Sache quält ihn. Nichts Wichtiges, aber trotzdem… Er schläft nah bei mir. Und seit das Wetter kälter geworden ist, höre ich ihn vor Kälte frösteln, weil er auf seinem Leib nur jämmerliche Kleider aus geflicktem Tuch trägt. ‘Ich weiss nicht’, sagt er mir oft,’ wieso meine Mutter mich ohne die geringste Wolljacke hierherkommen liess. Nein, ich verstehe das nicht, denn ich hatte eine gute Mutter, die mich von ganzem Herzen liebte.“

Die arme Frau brach in Schluchzer aus und begann, bittere Tränen auf ihre alten Hände zu vergiessen.

„Leider ! Es ist wahr, dass ich weder eine geizige, noch eine gleichgültige Mutter bin. Aber sagt ihm das : als man ihn für in den Sarg anziehen musste, war ich vor Schmerz so niedergeschmettert, dass ich nicht mehr wusste, was ich tat. Ich habe die alten Kleider aus dem Schrank gezogen, die Klein-Joseph zur Ernte trug, anstatt denen, die ihn wuschen, die Sonntagskleider vorzulegen. Niemand hat ein Wort verloren oder mehr wissen wollen. Ich, ich war wie blind. Darum ist es passiert, ich schwöre es. Hört zu ! Ich werde Euch einen Sack mit Hemden, Jacken, Beinkleidern und Westen vollmachen, wenn Ihr sie so weit auf Eurem Rücken mitnehmen könnt."

„Ich werde es schaffen, und sei er so schwer wie Blei. Das Gewicht ist nichts für die Seelen des Paradieses. Klein-Joseph wird einen schönen Prahlhans abgeben, wenn wir dort oben alle beide, wie zwei Brüder zu den Wallfahrten gehen werden."

„Wallfahrten ? Gibt es noch Wallfahrten im Paradies ?"

„Aber sicher. Nur, anstatt der Stein- oder Holzstatuen in den Kirchen, haben wir die Heiligen selbst vor uns. Und wenn die Wallfahrt zu Ende ist, gehen wir süsses Brot essen und einen Schluck Cidre trinken."

„Gesegneter Gott ! Und wie macht es Klein-Joseph, um seinen Rang zu halten ? Wartet ! Hier sind noch zehn Taler für ihn. Wenn sie ausgegeben sind, kommt wieder und holt andere !"

Und so kam es, liebe Leute, dass der Fischer Nonna mit zehn Silbertalern im Gürtel, zehn Pfund Schwarzbrot, einem Stück gesalzenen Speck, einem Sack voll warmer Kleider und noch einem Sack, dieser unsichtbar, voller Segenssprüche in Richtung Küste entfloh. Darüberhinaus hatte er das Herz mit Schmach erfüllt. Aber diese Schmach wurde geringer je mehr der arme Mann an seine Kinder und an sein Weib dachte, die ihr Leben auf Kosten eines Toten behalten konnten, der nichts mehr brauchte. Als die Mutter von Klein-Joseph ihrem Mann berichtete, was geschehen war, während er auf den Feldern gewesen war, so war der Mann zuerst geneigt wütend zu werden und dem Dieb die Hunde auf den Hals zu hetzen. Aber seine Frau war so glücklich und getröstet bei dem Gedanken, dass es ihrem Jungen im Paradies an nichts mehr fehlte, dass der Vater nicht den Mut fand, ihr ihre Illusionen zu rauben.

Später verkündete der Greis mit der Pfeife, wie er den Heiligen-Petrus-Fischer selbst getroffen hatte. Und der heilige Petrus hatte ihn nach dem kürzesten Weg nach Kerstribilh gefragt. Sicherlich, der Pförtner des Paradieses war herabgestiegen, um den Fischern von Penmarc'h, seinen Patenkindern, ein wenig Hilfe zu leisten. Und wahrhaftig, Petrus oder nicht Petrus, das hatte er getan.

DER KNOCHIGE LUDWIG

Ich habe den Knochigen Ludwig nicht in seinem sterblichen Leib gekannt. Lebte er noch, als ich selbst noch zur Schule ging, mein Bretonisch in ein bisschen Französisch zu enthärten und mich auf die hohe Bestimmung vorzubereiten, die vom Abgangszeugnis verheissen wurde ! Es war anlässlich eines Hochzeitsschmauses und ich sah einen rüstigen Mann die Platte mit gebratenem Fleisch zurückweisen, die man ihm zum dritten Mal anbot, als sich irgendwo im Saal eine entschiedene Frauenstimme erhob : „Nein ! Genug ! Ich will weder, dass er die Knochen Ludwigs bekommt, noch den Schatten seines Fleisches.“ Der Mann klappte ärgerlich sein Messer zusammen, um wissen zu lassen, dass er nichts mehr, weder fett, noch mager, unterschlucken würde. Die anderen Gäste schoben wegen so einer Kleinigkeit nicht ihren Teller zurück, aber sie assen mit mehr Bedächtigkeit und einer Art Besorgnis in den Kinnbacken. Ich hätte gerne gefragt, wer Ludwig war. Aber die den Landkindern angeborene Vorsicht hielt mich dazu an, meine Neugier für später warm zu halten. Ein Handrücken kann geschwind wie Feuer auf den Backen eines Bengels brennen, wenn dieser den falschen Augenblick auswählt, mit seiner Zunge Geräusche zu machen. Geduld !

Zum zweiten Mal hörte ich vom Knochigen Ludwig, als ich damit beschäftigt war, auf dem Acker von Trégonéter Kartoffeln hinter dem Pflug aufzulesen. Es war ein grosser Tag fürs Kartoffelroden. Um mich herum, quälten sich, gebückt entlang den Furchen, noch zehn andere Buben, unter den schroffen Anweisungen ihrer Mütter. Ausnahmsweise hatten die Frauen ihre weissen Hauben zu Hause gelassen, wegen des dichten Staubes, der von der durch kräftige Dreizackschläge aufgewühlten Erde aufstieg. Genau dieser Staub raubte mir die einzige Chance, die ich jemals gehabt hatte, die menschliche Gestalt des Knochigen Ludwig zu Gesicht zu bekommen, wenn er wirklich gerade auf der Strasse nach Plozévet vorbeizog. Beim mittaglichen Angelusläuten richtete sich eine der Frauen vor den anderen auf, um nach Hause zu gehen, ihren Leuten den Eierkuchen zu bereiten. Kaum hatte sie sich die Nase zwischen zwei Fingern geschnäuzt, hörte man sie rufen : „Schaut ! Der Knochige Ludwig !“ Sogleich hörten die anderen Frauen damit auf, das Kartoffelkraut zu schütteln und die Kartoffeln aufzulesen. Schon standen sie alle aufrecht um die Erste herum und wischten mit der Zipfel eines Taschentuchs ihre vor Schweiss brennenden Augen sauber : „Wo ist er ? Ich sehe ihn nicht.“

„Da hinten. Er biegt in Richtung Lababan ab.“

„Seht Ihr etwas von ihm, Katherine ?“

„Ich sehe ihn nicht mehr, aber vorhin habe ich ihn halb gesehen. Er ist noch hagerer als voriges Jahr.“

Als man ihn herauszog, lebend, aber stumpf,
hatte der erbärmliche Kerl seinen Bauch,
sein Hinterteil und seine Wangen verloren.

„Armer Mann ! Es ist ein Jammer“

Ich, ich hatte nichts gesehen. Der Staub, die Sonne, die Müdigkeit. Eine Alte sprach zu mir : „Ihr habt noch nicht die Augen der Grossen. Wartet noch ein paar Jahre.“ „Aber wer ist dieser Knochige Ludwig ?“ Sie brauchte mir nicht zu antworten. Um uns herum erzählten die Frauen die wunderbare Geschichte Ludwigs um die Wette. Sie fielen sich gegenseitig ins Wort, um die Lehre zu berichtigen oder zu bereichern. Denn es handelte sich wahrhaft um eine Lehre für all die Kinderohren, die in Rufweite waren. Es schien mir sogar, dass die Moral auch die Männer betraf, die, von Zeit zu Zeit ein Pferd führend oder hinter einem Pflug hergehend, vorbeizogen. Sie pfiffen mit zuviel Gleichgültigkeit, um ein ruhiges Gewissen zu haben.

Einst war der Knochige Ludwig ein lustiger Geselle gewesen, ein Leckermaul, wie man nur bei den hohen Tieren dieser Welt welche antreffen kann. Das Fassungsvermögen seines Magens war in den beiden Bezirken des Landstrichs „Pays Bigouden“ berühmt. Er wäre fähig gewesen, sämtliche Schneider von La Trinité unter den Tisch zu essen, die vollgestopft bis unter die Augen mit Speis und Trank darunter zusammenbrachen, bevor er nur seinen ersten Rülpser losliess und seinen Gûrtel ein Loch weiter stellte. Und wenn man weiss, was alles, vor fünfzig Jahren, in das Innere eines bretonischen Schneiders guten Geschlechts hineinging, dann muss man sich wahrlich zum Staunen hinsetzen, nicht wahr ! Man muss zugeben, dass Ludwig ein Hüne von einem Mann war, der nicht mehr vor einem Fass, als vor einem Kessel das Gesicht verzog. Das eine und das andere Ding zu leeren ist eine Sache, die nicht für Schwächlinge geeignet ist. Und obwohl unser Kerl solide und kerngesund war, hat er doch schliesslich seinen Löffel fortgeworfen.

Eines Tages, es war zu Anfang des Jahrhunderts, wurde er zu einer grossen Hochzeit eingeladen, „weiter als Quimper und Kerfeunteun“, berichtet die Legende. Sein Leumund war bis dorthin gelangt und er konnte ihn nicht aufs Spiel setzen. Ich werde nicht versuchen, Euch zu berichten, welche Taten er vollbrachte. Aber Ihr sollt wenigstens wissen, dass drei Mägde sich die Arme müde arbeiteten, als sie ihn versorgten. Und dennoch beklagte er sich ein- oder zweimal, nur noch Wind zum Kauen zu haben. Er triumphierte schon lange, als er eine letzte Schlackwurst verlangte, um sein Brot fertigzuessen. Diese war es, die ihm quer im Halse stecken blieb. Plötzlich fehlte ihm der Atem, sein Gesicht wurde schwarz und der Fressmeister fiel zu Boden, aufgequollen wie eine Kröte, der mitleidlose Spitzbuben mit einem Strohhalm in den Hintern geblasen haben. Er wäre an seinem vollen Bauch gestorben, ohne den Greis, der empfahl ihn bis zum Hals in einen frischen Misthaufen einzugraben, wie er es zu seiner Jugendzeit hatte machen sehen.

Die ganze Nacht über und den nächsten Tag verdaute Ludwig das Übermass an Speise im warmen Innern des Misthaufens, den man von Zeit zu Zeit umgrub, damit er sein guttuendes Aroma entweichen lassen konnte. Zum Schluss hatte er sich selbst verdaut. Als man ihn herauszog, lebend, aber stumpf, hatte der erbärmliche Kerl seinen Bauch, sein Hinterteil und seine Wangen verloren. Einen Monat später blieb von ihm nur noch ein Schatten übrig. Von nun an sah man ihn durch die beiden Bezirke irren, wie einen Sensenmann, der seinen Karren verloren hat und so mager, dass man scharfe Augen brauchte, um ihn am Horizont auszumachen. Vor allem Frauenaugen. Niemals gelang es einem Mann, ihn zu sehen.

DAS RAD UND DER SACK

Es drehten sich nicht viele fette Dinge am Spiess im Haus der Eltern Perigs. Strohreste waren im Roggenbrot erkenntlich und glückliche Tage wurden nur von der Salzspeckschwarte hervorgehoben. Sieben Buben und ein kleines Mädchen hörten öfter das Geräusch ihres Bauchs, als das der Backpfanne. Sie beruhigten ihren Heisshunger mit Beeren, Brombeeren, Mispeln, Wildäpfeln, Rüben, ein paar Handvoll Sauerampfer und all dem, was in sie hineinrutschen konnte, ohne die Revolution oder den Durchfall auszulösen. Aber die Esskastanien mundeten ihnen gut. Ebenso so gut mundeten sie dem Vater und der Mutter, die noch spärlicher ernährt waren als die Kleinen.

Leider, selbst die Esskastanienbäume gehören jemandem. Ihre Früchte sind öfter zu verkaufen, als zu verschenken. Es geht noch, wenn die Könige des Oktobers sich am Strassenrand aufrichten. Beim geringsten Windstoss, vergeben sie unter sich Almosen und verstreuen in vollem Schwung die Dragees eines neuen Herbstes an die Schlingel, die mit in die Luft gestreckter Nase im Graben auf diese Taufe ohne Glocken warten. Was auf die Strasse fällt, ist für den Pilger. Aber wenn man sich auf die Alleen der Herrenhäuser oder in die eingfriedeten Forste der Mühlen wagen muss, dann wird das eine ganz andere Sache. Man wird zum Wild für Treibjagden sowie der Grundbesitzer „Diebe" schreit, die Hunde loskettet, an seinen Stock oder sein Gewehr springt. Jesus ! Und die ergiebigsten Esskastanienbäume sind immer in Sichtweite von jemandem.

Aber wer nichts wagt, hat nicht das Recht sich zu beschweren. Es ist sogar fraglich, ob er jemals ein Mann wird. Und deshalb rührten sich die Eltern Perigs nicht, als sie ihren zwölfjährigen Sohn einen Hanfsack greifen und die Richtung des Mühlenforstes einschlagen sahen, und das Mitte Oktober. Der kleine Kerl war fähig, ihnen ihr Abendessen für eine ganze Woche zurück nach Hause zu bringen. Und doch, der Vater rief ihm nach, auf den Sack aufzupassen und die Mutter richtete ein stilles Gebet an den heiligen Petrus, damit der irgendeinen Hahn veranlassen sollte in einer anderen Richtung zu krähen, weiter weg, während ihr Sohn Esskastanien im Forst einsammelte. Der Mühlenherr war so knauserig, dass er den Schrei des Hahns mit dem der Henne, wenn sie gerade ein Ei gelegt hat verwechselte und sich schnell aufmachte, das Ei zu suchen.

Als Perig in dem Wäldchen ankam, sah er nur nackte Erde unter den Esskastanien - bäumen. Das war nicht erstaunlich. Hatte es doch seit acht Tagen nicht den geringsten Windstoss gegeben. Aber die reifen Früchte sprengten die Schalen über seinem Kopf, an den regungslosen Ästen. Tausend dunkle Augäpfel hinter grünen Lidern mit stechenden Wimpern liessen den Baum wie einen riesigen Pfauenschwanz erscheinen. Der Bub griff einen trockenen Holzstock, den er vorher wohlweislich in dem Gestrüpp versteckt hatte und warf ihn durch die dünnen Zweige. Sogleich regenete es Kastanienschalen auf seinen Rücken, aber soviel er auch auf den Fall des Stockes wartete, nichts kam mehr. Perig leerte sorgfältig die Schalen, steckte ein paar Handvoll Esskastanien zwischen seine Haut und sein Hemd und machte sich auf die Suche nach einem anderen Stock zum In-den-Baum-werfen. Er fand nicht das geringste Stück Holz um sich herum. Der geizige Müller sammelte sämtlich Reste auf und liess nichts verkommen. Man erzählte sogar, dass er selbst die Kiefernadeln zählte und in seinem grossen Heft eintrug. Jetzt blieb nur noch eins übrig : auf den Baum zu klettern und die Zweige zu schütteln. Flink wie ein Eichhörnchen war Perig im Handumdrehen oben. Kaum hatte er Zeit rund um sich zu blicken, die Ernte zu schätzen, als das Brüllen eines wilden Tieres vernahm : „Diebe !“ Es war der Müller, der blitzschnell auf seinen nackten Füssen herbeigerannt war. Scheinbar hatte der Hahn des heiligen Petrus nicht gekräht.

Es erwies sich jetzt, dass der Kleine im Baum gefangen sass. Das Entsetzen liess ihn ganz nach oben klettern, während der Andere unten brüllte : „Kommt schnell herunter oder ich breche Euch die Glieder, Ihr Taugenichts, Ihr Diebesbrut, Ihr Galgenvogel !“ Perig zitterte am ganzen Leib und presste sich eng an den letzten Ast, zu schwach für sein Gewicht und sich nach unten biegend. Unten kratzte der wütende Geizhals die Humuserde und suchte Steine, die er nach dem armen Teufel werfen konnte. Er fluchte, wie er konnte und so, dass Himmel und Erde auf eimal davon rot werden konnten.

Der erste Stein schlug an einen der unteren Äste, einen riesigen Ast, der einen Korbvoll reifer Kastanienschalen herunterstürzen liess. Mit den Kastanienschalen fiel der Stock, den Perig in den Baum geschleudert hatte und der irgendwo hängengeblieben war. Bloss, er fiel so genau auf die Nase des Müllers, dass unser Mann davon seinen mehlbestäubten Hut verlor. Trotz der Angst, die er im Bauch verspürte, fing der kleine Kerl an, krampfhaft zu lachen. Aber ein anderer Stein traf ihn an der Schulter. Er richtete nicht viel Schaden an. Jedoch stieg er ein wenig herab, sich hinter dem Stamm des Esskastanienbaums zu verstecken. Er war jetzt wie ein Eichhörnchen festgekrallt, seinen Feind genau beobachtend und sich von einer auf die andere Seite drehend, um sich vor den Steinen zu bewahren. Der Baum hallte unter den Würfen. Zum Schluss zielte der alte Scharfrichter auf die Hand, die auf der Rinde sichtbar war und traf sie voll. Perig biss sich auf die Lippe und betrachtete seine blutende Hand. Es war jetzt kein Moment mehr zum Scherzen. Das Kind wusste, dass der Andere fähig gewesen wäre, sämtliche Steine der Strasse aufzusammeln, um ihn herunterfallen zu sehen. Er liess sich hinunterrutschen und fiel in die Hände des Knausers.

Perig konnte soviel zappeln,
wie er wollte und herumschlingern wie eine Natter,
deren Kopf in einem gegabelten Ast festklemmt,
er wurde bis zur Mühle geschleift.

Und da fing der Tanz an. Perig wurde von einer saftigen Ohrfeige quer durchs Gesicht zu Boden geworfen. Betäubt von dem Schlag, besass er nicht genug Geistesgegenwart, um schnell genug wegzulaufen. Der Müller packte ihn an den Ohren und stellte ihn wieder auf seine Füsse. Der Bub hörte in seinem Kopf einen schrillen, den grossen Jabadao-Tanz pfeifenden Dudelsack, aber er war es, der die Sache ausbaden musste. Der verdammte Mehlbestäubte hatte ihn fest am Arm gepackt und liess ihn sieben oder acht Runden wie ein Zirkuspferd drehen, während er ihm den Hintern wund trat, sooft seine Holzschuhe diesen zu treffen vermochten. Anschliessend zog er ihm sein Hemd aus der Hose. Die Esskastanien fielen zu Boden. „Haha !“, kicherte der Alte, „ich wusste doch, dass er sie in der Brustkrause hatte. Und jetzt sammelt Ihr sie alle bis zur Letzten auf werft sie in meinen Hut, sonst setzt es Hiebe !“ Perig sagte keinen Ton. Seine Augen waren trocken. Er war geschnappt worden, so musste er dafür zahlen. Und doch, als er die letzte Esskastanie in den unförmigen Hut geworfen hatte, hielt er sich für quitt. Darauf gab ihm der alte Geizhals eine neue Ohrfeige. Das war eine Ohrfeige zuviel. Perig schnäuzte sich die Nase zwischen zwei Fingern, räusperte sich, sah dem rohen Gesellen fest in die Augen und liess seine helle Stimme hören : „Das Hemd des Müllers ist die beste Falle, die es gibt. Jeden Morgen fängt es einen Dieb.“

Er hätte besser seine Zunge in Zaum gehalten. Die Wut des Anderen war abgeflaut, oder jedenfalls so ziemlich. Als er diese Redensart vernahm, die die Müller der Bretagne lächeln lässt, wenn sie ehrliche Menschen sind, was auch vorkommt, fühlte der Geizhals, wie sein Blut stärker als zuvor erneut zu wallen begann. Er fiel wieder über den Jungen her und packte ihn am Kragen seines Hemdes. Perig konnte soviel zappeln, wie er wollte und herumschlingern wie eine Natter, deren Kopf in einem gegabelten Ast festklemmt, er wurde bis zur Mühle geschleift. Der gesamte Forst hallte von dem Brüllen des Alten wider : „Ich werde Euch Respekt beibringen, kleiner Schuft, Schrankbettwanze ! Ich hatte Euch schon seit einiger Zeit im Auge. Kaum abgestillt wart Ihr schon genauso diebisch wie eine Krähe. Wie oft seid Ihr hinter meinem Karren hergeschlichen, wenn ich mein Mehl ausliefere, um die Pferdeäpfel meiner Gäule hinter mir einzusammeln ! Wem gehören diese Pferdeäpfel, wenn nicht dem Besitzer der Tiere ! Und Ihr wisst, dass ich sie beim Heimfahren einsammele. Heute habe ich Euch auf meinen Bäumen erwischt, auf meinem Grund und Boden, wie Ihr dabei wart, meine Esskastanien zu stehlen. Und morgen werdet Ihr in meinen Schränken wühlen, wenn ich nicht ein für alle Mal Ordnung schaffe. Aber hört gut zu, magere Kröte ! Vom heutigen Tag an werdet Ihr keine Lust mehr haben, Euch hier herumzutreiben. Ich werde Euch mit einem Handstreich heilen.“

Sich gegenseitig schleppend, waren sie vor dem Mühlenteich angekommen. Eine Entenschar schnatterte fröhlich darin herum. Als sie die wütende Stimme des Herren wahrnahmen, schwiegen die unglückseligen Schwimmfüssler auf einen Schlag und flohen in den Schatten des Schilfs. Sie hatten wahrscheinlich ihre Gründe. Der Müller schwieg ebenfalls, um Atem zu schöpfen. Und da hörte man das Geräusch des Wassers, das durch ein Staubrett des Teichs auf das Mühlrad stürzte, um zwanzig Fuss weiter unten schaumig hervorzuquellen. Der kleine Junge erblasste. Er hatte begriffen. Und so sehr er sich auch wehrte, der Alte hob ihn am Kragen seines Hemdes vom Boden hoch und hielt ihn, nur mit der Kraft seiner Handgelenke bis über das grosse Rad : „Sprecht Eure Gebete, Schlingel ! Ich werde Euch loslassen. Wenn Ihr bis jetzt Hunger auf meine Esskastanien gehabt habt, so werdet Ihr wenigstens keinen Durst auf mein Wasser haben.“ Und der herzlose Mann kicherte höhnisch.

Hätte er losgelassen oder nicht ? Wer weiss, zu was ein Knauser fähig ist, wenn er ausser sich ist ! Perig hörte sein altes Hemd reissen. „Wenn es nur hält“, vertraute er seiner Nase an. Aber eine schwache, ruhige Stimme erhob sich hinter des Müllers Rücken : „Wenn Ihr diesem Knaben wehtut, Wilhelm, dann könnt Ihr Lebewohl sagen. Sein Vater wird Euch den Kopf spalten, das ist sicher.“ Der Alte drehte sich um und stand vor seinem Weib. Er wusste, dass sie recht hatte. Die Armen sind bescheiden und untergeordnet, ausser was ihre Kinder angeht, ihr einziger Reichtum. Er öffnete seine Krallen. Perig fiel zu Boden und nahm wie ein Feldhase Reissaus, ohne Auf Wiedersehen zu sagen. Während er rannte, hörte er, wie der Scharfrichter an den Enten des Teichs seine Rache nahm. Die Enten hatten keinen mit einer Axt versehenen Vater.

Ihr glaubt vielleicht, liebe Leute, dass der kleine Kerl es eilig hatte, nach Hause zurückzukehren, um seine arg aufgeschundene Haut und seine blutende Hand zu pflegen ? Dem war nicht so. Er war besorgt wegen des Hanfsackes. Ein gleichsam ganz neuer Sack. Ihn verlieren wäre ein Herzeleid gewesen. Man gibt den Armen keine Säcke für ein Dankeschön. Nach einem Umweg über die grosse Strasse, kehrte Perig in den Forst zurück. Welch ein Glück ! Der Sack war in der Hecke nahe des Esskastanienbaums geblieben, da, wo er ihn versteckt hatte, bevor er diesen verdammten Stock, Ursache seines Missgeschicks, in den Baum geschleudert hatte. Er rollte den Sack unter seinem Arm zusammen und ging weiter weg. Er besuchte sämtliche Esskastanienbäume der Gegend. Am Abend war der Sack so voll und so schwer, dass der Kleine, todmüde, ihn den ganzen Weg entlang hinter sich herschleifen musste. So dass der Sack zum Schluss Löcher hatte. Perig verstopfte das Loch mit einer Handvoll Gras. Jedoch, als er zu Hause angekommen war, entdeckte der Vater das Loch sogleich und der Sohn erhielt ein paar Ohrfeigen, da man den Kindern den Wert der Dinge beibringen muss. Danach beglückwünschten ihn alle für seine Arbeit als Esskastanieneinsammler. Man war stolz auf ihn. Und die Familie tat sich mit ganzem Herzen gütlich, ausser dem armen Perig, der vor Müdigkeit auf den Tisch umgefallen war, genau in dem Augenblick, als der Kessel dort ankam. Er hatte sein Tagewerk beendet.

Und das ist warum Jeanne Vom Ofen, ungefähr mit fünfzehn Jahren, diesen ersten Namen verlor, um Unsere Liebe Frau des Jammers zu werden.

UNSERE LIEBE FRAU DES JAMMERS

Sie hatte Jeanne Siebzehn zum Namen. Der erste Teil dieses Namens war ihr als voller Eigenbesitz von ihrem Paten am Tage ihrer Taufe übergeben worden und dies war die bedeutendste Gabe, die die teure Frau jemals in ihrem ganzen Leben erhielt. Wenn der zweite Teil eine Zahl war, dann bedeutete diese keineswegs, dass Jeanne auf den Thron gestiegen war oder als siebzehntes Kind einer zahlreichen Familie erschienen war. Es war ein Spitzname, der einen von allen vergessenen Eigennamen ersetzte, wenn dieser je existiert hatte. Jeanne hatte ihn mit ihrer eigenen Zunge erworben, weil sie ohne Unterlass wiederholte, dass sie siebzehn Gegenstände in ihrem Haus besass. Und wenn man sie fragte, welches diese siebzehn wunderbaren Gegenstände seien, dann zauderte sie nicht, sie aufzuzählen, angefangen vom Bett, dem Schrank und dem Tisch bis zum Rosenkranz aus Buchsbaum und dem Blasebalg für das Feuer. Siebzehn von ihr selbst gekaufte Gegenstände, mit dem Geld, das sie zur Seite gelegt hatte, seit sie im Alter war zu arbeiten. Gekauft auf Kosten ihrer Zähne, das heisst indem sie am Essen sparte. Siebzehn Gegenstände, nicht einen weniger, die ihr Kämmerchen schmückten, das sie, am Tag ihres fünfundzwanzigsten Geburtstags leer in der Ortsmitte gemietet hatte und das sie in weiteren fünfzehn Jahren in die Höhle von Ali Baba verwandelt hatte, mit der Hartnäckigkeit einer Ameise beim Sammeln. „Und was werdet Ihr jetzt kaufen, Jeanette ?“ „Nichts. Nichts mehr. Mein Haushalt ist komplett. Ich habe die siebzehn Gegenstände, die man haben muss. Ich wünsche nichts anderes mehr.“ Und Jeanne begann, wieder einmal, mit der Aufzählung ihrer Schätze. Ihr ganzer Leib war nur ein Lächeln.

Sie war in die Welt gesetzt worden von einer geistig ein wenig beschränkten Art von Landstreicherin, einer jämmerlichen, umherziehenden Kurzwarenhändlerin, die ganz langsam in den Bettelstand herabgesunken war. Ihre Augen hatten sich in einem Backhaus dem Licht geöffnet, in dem noch der Geruch des letzten gebackenen Brotes vernehmbar war. Dieser glückliche Umstand beruhigte ohne Zweifel die Mutter in Bezug auf das Schicksal ihrer Tochter. Ohne weiter zu warten, nahm sie den Weg in die andere Welt und liess hinter sich ein namenloses Wesen. Die guten Menschen der Umgebung nährten dieses einer nach dem anderen, wie sie es für seine Mutter getan hatten. Zehn Jahre lang lebte Jeanne Vom Ofen von Almosen, aus Erbrecht sozusagen. Jedoch, wenn auch ihre Schale auf dem Tisch im einen oder anderen Haus stand, so wusste sie recht schnell, dass sie die Tochter keiner Familie war. So gehorsam sie auch gegenüber ihren Wohltätern war, niemals bezeugte sie die geringste Zuneigung für einen von ihnen.

Sie war also dazu bestimmt, Kühe zu hüten. Die anderen Kinder ebenfalls, arm oder reich, aber jenen gewährte man wichtigere Arbeiten, sowie ihr Leib sich entwickelte und sie Kraft bekamen. Die unglückliche Jeanne, war sie auch nicht behindert, blieb ewig kränklich, mager und schwach anzuschauen. Sie war so geschaffen, dass die Blicke der Menschen sich von ihr abwendeten : eine Schulter stand ein ganz klein wenig höher als die andere, die Gesichtszüge waren leicht verzogen, die Ellbogen waren so schlecht ausgebildet, dass die Hände ihre Innenflächen als Gabe zeigten. Man hätte glauben können, dass das kleine Mädchen in den Strudel des Monats August gekommen wäre, der ein armes getauftes Geschöpf im Handumdrehen entstellt. Und das ist warum Jeanne Vom Ofen, ungefähr mit fünfzehn Jahren, diesen ersten Namen verlor, um Unsere Liebe Frau des Jammers zu werden.

Jedoch, als Tochter einer herumstreichenden Mutter, hatte sich Jeanne in den Kopf gesetzt, sich in ihren eigenen Möbeln niederzulassen. Sowie sie ein paar Heller zusammensparen konnte, verliess sie ihre armselige Bleibe über den Kühen und mietete eine Kammer, die schönste, die sie finden konnte. Niemand hatte mehr Lust zu lachen. Das Weib arbeitete Tag und Nacht, strickte beim Kühehüten, sammelte Kiefernnadeln ein, suchte Schnecken, legte Fallen aus zum Maulwurffangen, machte die Lumpensammlerin mit einer Schubkarre. Sie lebte von nichts, wurde immer hagerer und gelber je mehr die Jahre an ihr vorbeiflogen. Aber der Schreiner des Dorfes beförderte, Stück auf Stück, die schönsten Möbel aus Kastanienholz mit Kupfernägeln, die man damals in der Gegend sehen konnte, in ihre Kammer. Einmal lief sie zwölf Wegstunden auf ihren nackten Füssen, um in die Stadt zu gehen, einen Spiegel mit vergoldetem Holzrahmen zu kaufen. Sie brachte auch einen anderen Rahmen mit zurück, kleiner, der ein Stück Papier enthielt, das in der Art der Gemälde von Jouy einen Herren und eine Dame zeigte, die Schafe hüteten. Tatsächlich sah Jeanne Ahnenbilder in den anderen Häusern und war betrübt, wenn sie daran dachte, dass sie selbst keinerlei Ahnenstamm besass. Der eingerahmte Herr und die Dame, in ihren altmodischen Kleidern, wurden von ihr auf den Geschirrschrank gestellt und galten als ihre Vorfahren. Das war er, der siebzehnte Gegenstand. „Und was werdet Ihr jetzt kaufen, Jeannette ?“ „Nichts. Nichts mehr. Mein Haushalt ist komplett.“

Jeanne Siebzehn starb einige Jahre später in ihrer herrlichen Kammer, in die die Gattinnen der hohen Tiere der Pfarrgemeinde ab und an zu kommen geruhten, den Kaffee mit Buttergebäck zu trinken. Und da entdeckte man den achtzehnten Gegenstand, mit einer Silberkette an ihrem mageren Hals hängend. Es war ein Ehering.

DIE GESCHICHTE VON GUYON

Louis Kerviel aus Pont-L'Abbé hat mir die Geschichte von Guyon dem Brotsucher erzählt und wie ihn sein Ehrgeiz eines Tages im Bauernhof von Kersaux ins Verderben stürzte. Vor einem halben Jahrhundert war Guyon Berufsbettler im Landstrich „Pays Bigouden“. Er besass zwei Arme, zwei Beine, wie jedermann, die Mitte seiner Person war recht gut beschaffen, aber der Kopf erwies sich von Geburt an als ziemlich schwach. Und doch hatte Guyon ein Loch in seinem Hut, um seinem Schädel Luft zu verschaffen. Aber alles deutet darauf hin, dass dies nicht genügte, um dem Verstand Eintritt zu gewähren. Vielleicht wollte Guyon nicht verständig sein. Die Verständigen wagen das Betteln erst in der äussersten Not. Und Guyon mochte sein Gewerbe sehr.

Er war ein grosses, mageres Mannsbild, mit einem lebhaften Auge. Ich sage tatsächlich mit einem Auge, denn er hatte nur noch eins. Das andere war in den wirren Missgeschicken des Lebens verschwunden. War es von einer gefrässigen Henne verschluckt worden, als Guyon klein war ? Das kam manches Mal vor, in diesen Zeiten der Not. Wie dem auch sei, Guyon der Einäugige hatte immer von der Barmherzigkeit seiner Umwelt gelebt und dieser Zustand war bei ihm zur Berufung geworden. Selbst wenn er soviel Gold geerbt hätte, dass er davon Mist hätte machen können, wäre er weiter von einem Hof zum anderen gezogen, seinen Bauch vollzuschlagen, gegen Hilfe, die er gerne leistete, unter der Bedingung, dass sie nicht zu mühsam war. Frauenarbeit im Allgemeinen. Aber was wollt Ihr ! Ein Brotsucher, der genau so viel gearbeitet hätte wie ein Grossknecht, wäre in den Augen der Leute in Verruf gekommen. Man hätte ihn nicht ernst genommen. Vielleicht hätte man sogar die Hunde auf ihn losgelassen. Es bliebe ihm nichts anderes übrig, als in einem anderen Landstrich betteln zu gehen, auf die Gefahr hin, von Seinesgleichen den Kopf eingeschlagen zu bekommen. Und dann, wie hätte er seine Hand ausstrecken und seine Gebete heruntersagen können in Häusern, die er nicht kannte ! Guyon war ein feinfühliger Mensch. Jeder hat seine Ehre, nicht wahr !

Man sah ihn mit eiligen, grossen Schritten auf den vertrauten Wegen. Er beförderte seine mit Stroh ausgelegten Holzschuhe vorwärts und erzählte seine Geheimnisse mit lauter Stimme zwischen den Böschungen : „Ich werde Marianna um zwei Pfennig für Tabak für meine Pfeife bitten. Sie ist ein guter Mensch, diese Marianna. Ich werde sagen, dass ich keinen Heller mehr habe und das stimmt auch. Ich habe noch ein Fünfpfennigstück in einem Zipfel meines Taschentuchs, aber fünf Pfennige, das ist kein Heller, wie jeder weiss, selbst wenn es zwanzig davon wert ist. Übrigens gibt es keine Heller unter den Leuten mehr. Man darf niemals lügen, mein Sohn Guyon.“ Und er lachte vor Vergnügen vor sich her. Aber seht, wie die armen Teufel niemals Glück haben. Marianna war hinter der Stechginsterböschung und hörte alles. Als Guyon mit seiner klagenden Stimme sie um zwei Pfennig für seinen Pfeifentabak bat, antwortete sie streng : „Zeigt mir doch einmal Euer Taschentuch, ihr ehrlicher Mann ! Mein kleiner Finger sagt mir, dass Ihr darin genug habt,um Eure Nasenlöcher einzuqualmen. Aber Ihr habt das vielleicht vergessen ?“ Guyon, verlegen, tat so, als wäre er verblüfft und entdecke das Fünfpfennigstück und sagt : „Das stimmt. Ich hatte vergessen, dass es da war.“ Und er ging schimpfend weiter weg : „Wie hat sie das gemacht, um zu wissen, dass ich ein verstecktes Fünfpfennigstück hatte ? Leute, die zwei Augen haben, können vielleicht durch die Taschen hindurch sehen. Welch Missgeschick ! Jetzt muss ich meine Suppe in Kerlaeron-an-Trest erbitten. Dort wird man mich den Apparat zum Stechginsterzerkleinern eine Stunde lang drehen lassen. Und noch dazu wird die Suppe nur aus drei kleinen Dingelchen sein : Wasser, Brot und Salz.“ Und er seufzte so, dass Steine aus Mitleid hätten zerspringen können.

Wenn Guyon an einer Wegkreuzung ankam, zog er seinen gelochten Hut ab, um sich am Kopf zu kratzen und überlegte immer mit lauter Stimme. Er hatte einen grossen Bedarf am Geräusch seiner Worte in jenen Augenblicken, um sich zu helfen : „Geht Ihr nach Meot oder nach Kerfilen, mein Sohn ? In Kerfilen müsst Ihr die Mühle zum Apfelmahlen drehen. Habt Ihr kein Mitleid mit Euren bedauernswerten Armen ? Und heute ist Mittwoch, der Tag des Buchweizenbreis. Es wird wohl ein Stück Butter in der Mitte des Kessels sein, aber wenn Ihr drankommt, bleibt nur noch bedauerliche Erinnerung übrig. Andererseits, in Meot ist es der Tag für Kartoffeln in Milch. Kartoffeln in Milch halten im Magen nicht an. Wenn Ihr wirklich auf mich hören wollt, dann kehrt zurück, woher Ihr kamt und geht bis Kervann. In Kervann, mittwochs, gibt es immer Speck. Darüberhinaus ist das Stroh des Pferdestalls das Beste im Umkreis."

Und Guyon machte eine Kehrtwendung. Aber dann begann sein Gewissen ihn zu plagen : „Schämt Ihr Euch nicht ? Seit fast einem Monat seid Ihr nicht nach Meot gegangen. Und warum, mein Sohn ? Weil die Leute dort arm sind und nicht zu essen haben. Geht doch zu ihnen, um ihnen Ehre zu erweisen." Und er ging hin… manchmal.

Jedoch, den Ort, den er bevorzugte, das war halt Kersaux. Catherine, die Hausherrin, ernährte ihre Leute gut. Es wurde gesagt, dass selbst die mageren Teile in diesem Haus fett seien. Also, Ihr seht schon ! Der Tisch wurde dort für den glücklichen Guyon bis zu dem Tag gedeckt, an dem… Aber hört eher die Geschichte an. Einmal kam unser Mann, der in Meot am Vortag schlecht und wenig gegessen hatte, nach Kersaux, um seine Eingeweide zu entschädigen. Catherine war eben gerade dabei, die Sahne in die irdene Buttermaschine zu giessen : „Kommt näher, mein armer guter Guyon ! Ihr werdet buttern, solange ich meine Kühe woanders hinbringe. Wenn ich zurück bin, werde ich ungesalzenes Fleisch zum Kochen aufstellen." Und sie ging davon.

Guyon gab sein Bestes und rührte mit dem Stab in der Buttermaschine hin und her. Sein Kopf arbeitete mit lauter Stimme : „Die Leute erzählen, dass man hier in der Kammer die schönsten Möbel der Pfarrgemeinde sehen kann. Es gäbe sogar einen Geschirrschrank mit einer Uhr drin, voller bunter Teller ; es gäbe Bilder der Frau Maria und des heiligen Johannes des Täufers; es gäbe Prozessionskugeln, blaue, rote und gelbe, die Catherine von den jungen Leuten vor ihrer Heirat bekommmen hat. Ihr solltet einen Blick auf das Ganze werfen, mein Sohn. Ihr tätet überhaubt nichts Böses und Ihr hättet eine Idee davon, was Euch im Paradies erwartet. Der Schlüssel ist an der Tür stecken geblieben."

Der arme Mann konnte es nicht mehr länger aushalten. Er ging den Schlüssel umdrehen, öffnete vorsichtig die Tür. Jesus ! Alles, was man erzählte war mehr als wahr, aber man hatte davon nur die Hälfte gesagt. Es waren dermassen viel Dinge zu sehen, dass Guyon mir seinem einzigen Auge nicht die Runde kriegen konnte. Er wurde auf diese Kartoffelerde zurückgeholt

Der arme Mann konnte es nicht mehr länger aushalten.
Er ging den Schlüssel umdrehen, öffnete vorsichtig die Tür.

durch das Geräusch von Catherines Holzschuhen auf der Schwelle. Vor Aufregung schloss er die Tür so hastig, dass der Schlüssel aus dem Schloss sprang und bis neben den Stein der Feuerstelle fiel. Als er ihn schnellstens aufheben wollte, trat Guyon mit seinem Holzschuh gegen das irdene Butterfass, das sogleich in Stücke zersprang. Und die wertvolle Sahne lief auf den Lehmboden. Guyon hat niemals sagen können, ob er die Flucht durch die Tür, das Fenster oder den Kamin ergriffen hatte.

Nach diesem Unglück wagte er es nicht mehr, mit seinen Füssen Kersaux zu betreten. Selbst mit einem einzigen Auge hätte er Catherine nicht ins Gesicht sehen können. Und so kam es, dass Guyon sein Paradies auf Erden verlor.

DAS WEIB VON BI

Es gab einmal eine Zeit, an der die köstlichste Sonntagsfreude für die Gevatterinnen des Dorfes darin bestand, auf die Ankunft von Bi und seinem Weib in ihrem kressegrün mit gelben Streifen gestrichenen Fuhrwerk zu warten. Es war ein sehr schönes Fuhrwerk, über den selbst der Notar mit offenem Munde staunte, obwohl er Besitzer eines Dion-Automobils war. Die ganze Ausstattung war untadelig, angefangen von den beiden gänzlich blank geputzten Laternen bis zum Kopfputz des Pferdes, das auf jeder Seite mit einem kupfernen Bullauge geschmückt war. Und was das bewusste Pferd betraf, so war sein Fell so schwarz und so glänzend, dass die eitelste Erbin ihre Festtagshaube hätte aufsetzen können, um sich darin zu spiegeln.

Und dennoch, die Gevatterinnen betrachteten nicht das Fuhrwerk des reichen Bi. Sie betrachteten auch nicht Bi, diesen kleinen steifen Mann, mit strengen Augen, der so stolz auf seinen blonden Schnurrbart war. Neben ihm sitzend und ihn um einen Kopf überragend befand sich sein Weib, das sich die Augen mit einem Taschentuch aus feinem Leinen wischte. Es wäre genau so schön anzusehen gewesen wie das Pferd, ohne seine leicht schief sitzende Haube, seine im Nacken zerzausten Haare, den zerknitterten Samt seiner Ärmel und seine von Tränen geröteten Augen. Die Gevatterinnen betrachteten es genau von Kopf bis Fuss, während es sein Möglichstes tat, ihnen zuzulächeln… Unerschütterlich hinter seinem Schnurrbart, liess Bi das Pferd im langsamsten Schritt gehen. Man hätte glauben können, dass er absichtlich seine arme Frau in diesem jämmerlichen Zustand zeigte. Und das stimmte. Er hatte sie gerade verprügelt, einen kleinen Moment zuvor, und er legte Wert darauf, dies jedermann wissen zu lassen. Als die Gruppe in Richtung Kirche vorbeigezogen war, um dem Hochamt beizuwohnen, nickten die Gevatterinnen mit heimlicher Zufriedenheit mit dem Kopf, obwohl sie Bis Weib bedauerten : „Die Arme ! Sie hat wieder ihre Ration Hiebe bekommen !“ Die Männer taten, als sähen sie nichts. Sie waren von Neid geplagt, denn nicht einmal einer von ihnen wäre fähig gewesen, sein Weib so zu zähmen, wie es Bi mit dem seinen tat.

Bi prügelte sein Weib nur, wenn einige Zeugen zugegen waren, die die Neuigkeit an die Bevölkerung des Umkreises überbringen konnten. Die Angelegenheit fand immer auf der grossen Strasse statt und auf dieselbe Weise : „Kommt her, mein Weib", sagte Bi. „Kommt näher, bitte." Sie gehorchte mit Demut. Sogleich begann ihr Mann, sie mit Hieben zu überschütten und aus Leibeskräften zu schreien : „Marie-Louise, nehmt es nicht übel, wenn Euer Mann Euch so misshandelt. Ihr wisst, dass er ein gewalttätiger und jähzorniger Mann ist." Und die Unglückliche stöhnte zwischen den Schlägen : „Macht, was Euch gefällt, Bi. Ich weiss, es ist für Euer Wohlbefinden."

Das Erstaunlichste war, dass Bi an gewöhnlichen Tagen als ein leutseliger und eher zurückhaltender Mensch galt, während sein Weib, das er im benachbarten Bezirk gefunden hatte, seine Milch-, Butter- und Eiergeschäfte mit grosser Festigkeit abwickelte, so behaupteten die Händler. Aus diesem Grund verstanden die Leute nicht, warum sie sich von ihrer halben Portion Mann peinigen liess. Die Vorstellung dauerte mehrere Jahre an. Es hätte bis zum Tod der beiden Eheleute so weiter gehen können, ohne das Abenteuer das ich Euch jetzt erzählen werde. Eines Tages waren Bi und sein Weib mit einem Karren voller Ferkel auf den Markt von Pont-Croix gefahren. Die geschickte Marie-Louise war beauftragt, sie zum höchstmöglichen Preis zu verkaufen. Währenddessen drehte Bi eine Runde im Viertel, mit herausgestreckter Brust und dem Daumen unter den Ärmelausschnitt seiner Weste geklemmt. Sein Schnurrbart war es, der sein Verderben verursachte. Er war so schön gedreht, dass er nicht anders konnte, als mit beiden Augen gleichzeitig darauf zu schielen. Und so kam es, dass er an einer Strassenbiegung heftig mit einem Gemüseanbauer aus Plouhinec zusammenstiess, dessen Name die Geschichte nicht in Erinnerung gehalten hat. Bi konnte sich so viel entschuldigen, wie er wollte, der andere glaubte an eine Herausforderung seitens des kleinen, grosssprecherischen Mannes, dessen Äusseres ihm höchst missfiel. Er wollte ihn nicht anhören und da er leicht aufbrausend war, ging er gleich zu Drohungen über. Und da ergriff der reiche Bi, als er die Hiebe sich nähern spürte, im rasendsten Galopp die Flucht. Aber der Kerl aus Plouhinec war fest entschlossen, seine Fäuste auf dessen Haut spielen zu lassen.

Auf dem Marktplatz hatte Marie-Louise inzwischen ihr letztes Ferkelpaar verkauft, als sie ihren Mann ausser Atem heranrennen sah, verfolgt von dem zornigen Gemüseanbauer. Der gewalttätige und jähzornige Bi sah sich gezwungen, Hilfe und Schutz von seinem Weib zu erbitten: „Fangt ihn mir", schrie der Kerl aus Plouhinec. „Ich werde ihn in drei Stücke hauen, obwohl er nicht genug Zeug dazu hat, ein Mann zu sein." Marie-Louise war bleich vor Schande und Wut. Sie packte ihren Herren und Gebieter am Kragen und warf ihn in die Arme des Gemüseanbauers : „Nur zu ! Und beherzt", kreischte sie. „Und dass nichts von ihm übrigbleibt."

Der Andere spuckte in seine Hände und begann Bi zu züchtigen, ohne Mühe zu scheuen. Die Menge des Marktplatzes hatte sich um sie versammelt. Während die Schläge prasselten,

Auf dem Marktplatz hatte Marie-Louise inzwischen ihr letztes Ferkelpaar verkauft,
als sie ihren Mann ausser Atem heranrennen sah,
verfolgt von dem zornigen Gemüseanbauer.

erzählte Marie-Louise von Bis Schwindelei. „Als ich mich mit diesem Mann verheiratet habe“, schrie sie heraus „hat er mich glauben lassen, er sei so gewalttätig und aufbrausend, dass in jedem Moment die Gefahr bestehe, er töte jemanden, wenn seine Wut sich zu lange in ihm ansammelt. Um ihn vor diesem Missgeschick zu bewahren, liess ich mich jeden Sonntag prügeln, in dem Glauben, dass er sich auf Kosten meiner Haut beruhige. Und er ist bloss ein Hasenfuss, der für einen Wüstling gehalten werden wollte. Ich werde ihn seine Schulden zurückzahlen lassen.“

Als Bi buchstäblich wie gerädert und betäubt war, liess Marie-Louise ihn in die Kiste der Ferkel werfen und brachte ihn zu sich nach Hause zurück. Am folgenden Sonntag kam sie in das Dorf, eigenhändig den kressegrünen Fuhrwerk mit den gelben Streifen kutschierend. Sie hatte trockene und strenge Augen. Ihre Haube sass ganz gerade, ihre Haare waren glatt und ihr Samtkleid so einwandfrei wie das Fell des schwarzen Pferdes. Neben ihr war der arme Bi bloss noch ein kleiner Haufen Demut. Sie hatte ihm seinen Schnurrbart abrasiert.

WIE EIN BRETONE KÖNIG VON ENGLAND WIRD

Es war einmal ein König von England, der seine Tochter demjenigen versprochen hatte, der ihm ein Schiff brächte, das sich sowohl auf dem Meer, als auch auf der Erde fortbewegen konnte. Seine Herolde verbreiteten die Kunde in der ganzen Welt. Sie kam zu Ohren eines jungen Bretonen, der ein Strohdachhaus am Rande eines grossen Forstes bewohnte. Und der Kerl seufzte. Die Königstochter war nicht für ihn.

Eines Abends war er dabei, seine Suppe auf der Hausschwelle zu essen, als eine alte Bettlerin erschien. Der junge Mann gab ihr seine Schale, da er nichts anderes hatte. Die Alte fragte ihn, was ihm zur Belohnung Freude bereiten würde. „Ein Schiff finden, dass auf der Erde fahren und im Meer schwimmen kann. Das genügte mir, um mich mit der Tochter des Königs von England zu verheiraten.“ „Geht morgen mit Eurer Axt in den Forst“, sprach die Alte „und dann werden wir sehen.“

Am nächsten Tag war er im Forst. Er schärfte seine Axt und nahm es mit einer Eiche auf. Dem ersten Hieb antworteten andere Hiebe, unzählige. Um sich herum sah er andere Männer, die fällten, die sägten, die schreinerten und das Holz anpassten, um ein Schiff zu bauen, das Schönste, das man je gesehen hat. Die Alte war auf dem Arbeitsplatz. Als die Arbeit beendet war, liess sie alle an Bord steigen, steckte zwei Finger in den Mund, gab einen Pfiff von sich und schon waren das Schiff und seine Besatzung auf in Richtung Meer, auf dem kürzesten Weg. Yann war der Kapitän der Männer und der Dinge. Das Märchen sagt nicht, ob das Schiff

Räder hatte oder ob es eine Furche in der Erde zog wie ein Pflug. Aber Ihr habt keine Lust, es zu wissen und ich auch nicht.

Während sie durch die Wege fuhren, trafen sie einen Mann, der sehr damit beschäftigt war, sich die Beine mit einem Seil zusammenzufesseln „Was macht Ihr da ?“ fragte ihn Yann. „Ich muss mir die Beine zusammenbinden, um nicht zu schnell zu laufen“, antwortete der Andere „sonst stürbe ich Hungers. Wenn ich einem Feldhasen nachrenne, überhole ich ihn wie ein Blitz, und so habe ich nichts von ihm. Das ist recht unglücklich für mich.“ „Kommt mit uns, mein Kerl“, sagte Yann. „Ich werde Euch Gelegenheit geben, so viel zu rennen, wie Ihr wollt.“

Ein wenig weiter sahen sie einen mit einer Steinschleuder bewaffneten Jäger am Rande des Weges. Er verband sich die Augen mit seinem Wollgürtel : „Was macht Ihr da ?“ fragte ihn Yann. „Ich muss mir die Augen zubinden, denn ich ziele zu gut“, antwortete der Andere. „Wenn ich Haar- oder Federwild erlege, bleibt mir immer nur noch ein Brei. Das ist recht unglücklich für mich.“ „Kommt mit uns, mein Kerl“, sagte Yann. „Ich werde Euch Gelegenheit geben, so viel zu zielen, wie Ihr wollt.“

Und jetzt waren sie in einem Meereshafen angekommen. Während sie durch die Stadt zogen, geschah es, dass sie an einem Laden vorbeikamen, wo man Tiere tötete, um Menschen zu nähren. Und da war ein grosser Bursche, der die Reste verschlang, der die Knochen mit seinen Zähnen zermalmte, der die Häute mit den Haaren kaute, der sogar das Horn der Hufe verschluckte. Es war ein Jammer, ihm zuzuschauen : „Ihr scheint einen Bärenhunger zu haben, mein armer Mann“, sagte Yann. „Leider“, antwortete der Andere. „Es ist mir noch nie gelungen, meinen Magen zu füllen, seit ich am Leben bin. Das ist recht unglücklich für mich.“ „Kommt mit uns, mein Kerl“, sagte Yann. „Ich werde Euch Gelegenheit geben, Euch bis zum Adamsapfel vollzustopfen.“

Auf dem Kai des Hafens leckte ein hagerer Mann leere Fässer, die eines Tages einmal Wein enthalten hatten. Seine Zunge hörte sich an wie ein Hobel, so sehr kratzte er das Holz, um zu versuchen, irgendeinen Geschmack herauszuziehen : „Ihr scheint einen Riesendurst zu haben, mein armer Mann“, sagte Yann. „Leider“, antwortete der Andere, „mein Leib ist immer trocken und ich kann mich nicht mit Brunnenwasser zufrieden geben. Wenn das Meerwasser Wein wäre, dann bliebe schon seit geraumer Zeit kein Tropfen mehr davon übrig.“ „Kommt mit uns, mein Kerl“, sagte Yann. „Ich werde Euch Gelegenheit geben, Euren Durst mit Rot- und Weisswein zu löschen.“

Der Schiff-Karren glitt ins Wasser hinein und zog geradewegs nach England. Während er den Fluss von London hinaufschwamm, war eine Menschenmenge an beiden Ufern, die aus vollen Kräften schrie : „Da kommt der Verlobte der Königstochter. In nicht allzu langer Zeit wird es ein Fest geben.“

Der König und seine Berater warteten auf der Brücke von London. Das Schiff von Yann drehte vor ihren Augen ab und kam aus dem Wasser, als sei es eine Ente, aber mit geraderer Gangweise. Es gab nichts mehr zu beweisen. Man liess erst die Tochter benachrichtigen dann den Erzbischof und schliesslich die Köchinnen, ihnen sagend, dass sie sich für die Hochzeit bereitmachen mussten, die in weniger als acht Tagen stattfände.

Jedoch, die Tochter war nicht dazu entschlossen jemanden zu heiraten, der in seinem Land nicht einmal Prinz war. Die Berater waren auf ihrer Seite. Es gelang ihnen leicht, den König davon zu überzeugen, dass es nicht genügte einen Schiff-Karren erfunden zu haben, um sein Schwiegersohn zu werden und dass man dem Kapitän Yann andere Prüfungen auferlegen müsse. Und jetzt war Yann vor dem König : „Yann, bevor ich Euch meine Tochter gebe, möchte ich sicher sein, dass Ihr ein unvergleichlicher Mensch seid.“ „Und das bin ich“, sagte Yann, ohne weiter zuzuhören. „Ich habe hier zwei Fässer Wein, den Besten, den man in der Stadt Bordeaux findet. Wir werden sehen, ob Ihr fähig seid, sie im Zeitraum einer Woche auszutrinken.“ „König, Ihr belästigt mich wegen einer allzu kleinen Angelegenheit. Einer meiner Knechte wird genügen.“ Er ging zu dem trockenen Mann und schilderte diesem die Sache. „Lasst mich nur machen“. sagt der Andere. „Ich werde Euch die beiden Fässer austrocknen wie nichts. Aber eine Woche, das ist viel zu lange. In weniger als zwei Tagen werden sie hohl klingen.“ Er machte sich an die Arbeit und in der Mitte des zweiten Tages waren die zwei Fässer so leergeputzt, dass sie nicht einmal nach Eiche rochen. Und der trockene Mann verlangte zu trinken.

Als Yann vor den König trat hatten sich die Berater eine andere Prüfung ausgedacht : „Yann, Ihr hattet recht. Es war wirklich zu leicht, zwei Fässer Wein auszutrinken, selbst in zwei Tagen. Der Wein läuft nur durch den Leib hindurch und geht dann nach und nach die Böschung nässen. Aber wenn ich Euch vorschlage, zwei fette Ochsen gleichzeitig zu essen ?“ „König“, sagte Yann. „Ich werde Euch jemanden schicken, der Euch Eurer zwei Tiere im Handumdrehen entledigt, mit Knochen, Horn und Fell.“ Er ging zu dem grossen Burschen und schilderte diesem die Sache : „Lasst mich nur machen“, sagte der Andere. „Vor morgen Abend werde ich das alles verdaut haben, ohne den geringsten Abfall hinter mir zu lassen. Aber richtet dem König bitte aus, dass er die zwei darauffolgenden Ochsen vorbereitet, denn ich habe grosse Angst, nicht genug zu haben.“ Man schlachtete ihm sogleich die beiden Ochsen und die Sonne des zweiten Tages stand noch hoch, als der Platz sauber war. Der Esser hatte sogar beiläufig einen Teil des Strohlagers mitverschlungen. Und man hörte ihn fragen, wann das Abendessen fertig sei.

Und da sagte die Königstochter zu ihrem Vater : „Ich habe hier eine Magd, die mir jeden Tag zwei Eimer frisches Wasser in einer Quelle schöpfen geht, eine halbe Wegstunde von hier, denn ich kann keinen Tropfen eines anderen Wassers vertragen, weder in, noch auf meinem Leib. Dieses Mädchen rennt schneller als der Wind. Kaum ist sie weg, so sieht man sie schon wieder zurückkommen. Bittet Yann, sie in einem Wettrennen zu besiegen. Wir werden lachen.“

Als der König ihm diese neue Prüfung vorschlug, wurde Yann erst eimal ärgerlich : „Gebt acht, König von England ! Zum dritten Mal sucht ihr Vorwände, um Eure Versprechen nicht zu halten. Ich werde Euch noch einmal jemanden schicken, um Eurer Magd Schande zu bereiten. Sogleich darauf, denkt daran, mir Eure Tochter zu geben. Ansonsten tätet Ihr besser daran, sämtliche Trommeln des Königreiches zu schlagen, um Eure roten Soldaten zu Hilfe zu rufen. Denn ich bin dazu entschlossen, meinen Schiff-Karren dem Kaiser von Deutschland zu verkaufen.“ Er ging zu dem Läufer und schilderte ihm die Sache : „Lasst mich nur machen“. sagte der Andere. „Ich werde mit meiner dritten Runde zur Quelle fertig sein, bevor diese Zierpuppe ihre ersten Eimer heimgetragen hat.“

Er schoss davon wie ein Pfeil. Jedoch, an der Quelle angekommen, sagte er sich, dass er Zeit genug habe, ein Schläfchen zu halten, während er auf die Magd wartete, die hintenan war. Und schon schnarcht er gegen den Stein gelehnt. Das Mädchen erschien, füllte geräuschlos seine beiden Eimer und kehrte in rasendem Galopp zurück.

Sie kam schon in die Nâhe des Schlosses, als Yann besorgt seinen Schützen anrief : „Seht doch einmal dort nach“, sagte er „wo unser Läufer gebleiben ist !“ „Er schläft gegen den Stein gelehnt“, sagte der Mann mit den scharfen Augen. „Weckt ihn sogleich, diesen faulen Aschenkater.“ Der Andere griff seine Steinschleuder und schleuderte einen Stein gerade neben das Ohr des Schläfers. Dieser sprang auf seine Füsse, füllte seine Eimer und rannte zurück wie ein Blitz und überholte die Magd gerade in dem Augenblick, wo sie den Fuss auf die Schwelle setzen wollte. Sie waren knapp davongekommen.

Und so wurde Yann aus der Bretagne König von England. Wenn es vorkommt, dass Ihr den König trefft, der heute diesem Land vorsteht, dann könnt Ihr ihn Cousin nennen. Die Königin ist nicht Eure Cousine und niemals wird sie es sein. Aber welch eine Hochzeit, Leute ! Die Schönste, die man jemals gesehen hat. Es gab Rohes, Gekochtes, Gebratenes, langsam Gegartes, ungesalzenes Fleisch, fettes Fleisch, Salzfleisch. Es gab Weizen- und Buchweizencrêpes mit Cidre vom Jahr und Met vom Vorjahr. Die Tische waren vollgeladen mit Stücken des samtbekleideten Herrn, den man, mit Verlaub, Schwein nennt. Es gab süsse Getränke für die Frauen und „Lambigschnaps“ für die Männer, aber die Frauen neideten uns am Ende unseren Anteil. Feldhasen rannten durch den Saal, mit Senf in den Ohren, Senf im Hinterteil, fange sie, wer kann ! Gabeln steckten im Rücken und Messer stachen in den Wanst, schneide ab, wer kann !

Ich, ich bin in die Küche hinabgegangen, weil man dort, wie bekannt, die besten Stücke findet. Und ich drehte die Spiesse, ich schöpfte den Schaum in Krügen ab, ich stach mit einem Hahn die Fässer an. Der Cidre lief mit unter das Hemd, die geschmolzene Butter

„Lasst mich nur machen“, sagte der Andere.
„Ich werde mit meiner dritten Runde zur Quelle fertig sein,
bevor diese Zierpuppe ihre ersten Eimer heimgetragen hat.“

kochte in meinen Holzschuhen. Aber der Küchenchef hat mich gesehen. Das ist ein Herr, der nicht gerne Gauner in seinem Herrenhaus findet. Mit einem einzigen Tritt seiner Papierschuhe hat er mich über die Mauern, die Dächer, die Höfe, die Scheunen, die Wege und die Strassen, die Dörfer, die Städte und noch dazu über die Zeit selbst hinausbefördert, bis hierher, damit Ihr mein merkwürdiges Märchen hören könnt.

DER KÖNIG DER DIEBE

Auf den Schemel steige ich, um Euch die Geschichte zu erzählen. Hört her, meine Leute ! Ich klopfe auf den Dreifuss mit dem Rührholz, um die vergangene Zeit in der Asche zu erwecken. Nicht um Jean Siebzehn geht es, der Krumme für Gerade gelten liess und der König der Halunken jeden Schlags war, sondern um Jean Spitzbub, einem Cousin von ihm. Haltet Eure Augen ja gut offen und schaut hinten in den Kamin ! Wenn ich die Hälfte einer Lüge herausbringe, dann wird sich Jean selbst aus dem Russ erheben, um mir so sehr die andere Seite zu röten, dass meine Hose unter mir in Brand ausbrechen wird. *Amen !*

Es war einmal ein guter Mann, dessen Handwerk Dieb war, wie andere Bettler sind. Zu diesen Zeiten war es keineswegs eine Schande von Almosen oder kleinem Diebstahl zu leben. Der einzige Unterschied war, dass der Bettler in Gottes Namen erbat, ohne immer zu bekommen, während der Dieb in Teufels Namen nahm, ohne zu fragen. Darum war der Dieb angesehener als der Bettler, denn er brauchte ein regsames Gemüt und einen gewandten Leib, um sein Gewerbe auszuüben. Der gute Mann, von dem ich spreche, war Meister in der Kunst der Stehlens geworden. Er kannte alle Tricks, die man sich ausgedacht hatte, seit die Welt Welt ist, um seinen Nächsten von Überflüssigem zu erleichtern. Ich hätte Euch gerne seinen Namen genannt, doch habe ich niemals davon Meldung erhalten. Wisset nur, dass er einen hatte, vom Tag seiner Taufe an und dass er damit beerdigt wurde. Nur die grossen Persönlichkeiten können ihre Namen hinter sich lassen, weil sie genug Verdienste oder Sünden haben, um ihre vier Bretter zu beschweren. Ich, so wie Ihr mich hier seht, habe meinen schon verschluckt. Ihr wisst nicht, wer ich bin und ich auch nicht. *Fiat voluntas tua !*

Und jetzt ist es an der Zeit, dass ich wirklich anfange. Der Meister Dieb hatte einen Neffen namens Jean, der Sohn seiner Schwester. Er hatte ihn ganz jung unter seine Fittiche genommen, nachdem er in ihm eine günstige Veranlagung erkannt hatte. An einem anderen Tag werde ich Euch sagen, wie der kleine Jean, kaum aus der Wiege geklettert, ein Mittel gefunden hatte, die Uhr seines Onkels, dem geschworenen Dieb, verschwinden zu lassen, und zwar ohne die Kette zu vergessen. Nebenbei hatte er sogar die Pfeife mitgehen lassen und, wenn er das

Feuerzeug gelassen hatte, dann nur, weil, mit Verlaub, ein dringendes Verlangen zum Pinkeln ihn peinigte ! In kurzer Zeit lernte er gänzlich alles, was sein Onkel wusste und um ihm zu danken, lehrte er ihn einige neue Kunststücke, wie man Dummköpfe hinters Licht führt und daraus Nutzen zieht. In Alter von fünfzehn Jahren hatte er schon mehr Tricks auf Lager als der älteste Fuchs des Bezirks. Nur von seinen Taten war in der Nachbarschaft die Rede. Der Onkel war stolz auf ihn und gleichzeitig fühlte er Neid, weil er sah, dass er von seinem Schüler im Gewerbe übertroffen wurde. Er liess seinen Neffen kommen und schlug ihm eine Prüfung vor : „Mein Junge, Eure Lehrzeit ist zu Ende. Ihr habt schon gezeigt, dass Ihr fähig seid, sämtliche Einfaltspinsel dranzukriegen, die um Euch herum atmen. Eine andere Sache ist es, mit jemand Erfahrenem zu tun zu haben. Seid Ihr geschickt genug, um mich zu besiegen ?“ „Wann Ihr wollt, mein Onkel.“ „Gut. Heute Nacht zieht Ihr also das Betttuch ab, das unter mir ist und den Ehering, der am Finger Eurer Tante steckt. Auf Euer eigenes Risiko.“ „Ich bin Euer Mann“, sagt der Neffe.

Jeder für sich, trafen der Onkel und der Neffe ihre Vorbereitungen. Der Alte ging ein Gewehr bei seinem Nachbarn ausleihen, lud es bis zur Mündung und legte es auf die Bank des Schrankbetts, bevor er sich neben seine Alte schlafen legte. Auf dass er komme, der Angeber ! Man hatte genug, um ihm Ehre zu machen. In der Zwischenzeit bastelte Jean Spitzbub mit Lumpen und Heu eine Art Vogelscheuche für Krähen, die ihm wie ein Bruder ähnelte, wenn man ihr nicht in die Augen sah und sie nicht bat zu pfeifen.

Die Nacht machte sich auf den Weg. Sie war schon recht fortgeschritten, als der Onkel, der in seinem Bett wachte und seine kalte Pfeife lutschte, ein heimtückisches Knirschen hörte. Jemand war dabei, die Gitterstäbe am Fenster durchzusägen. Und unser Wächter packte sein Gewehr und entlud es aus nächster Nähe auf einen Schatten, der sich in der Fensteröffnung bewegte. Ein grosser Schrei, das Geräusch eines fallenden Körpers. „Ich habe meinen Taugenichts von Neffen getötet“, sagte sich der Alte, bleicher als eine Crêpe, die darauf wartet, gebacken zu werden. „Was werde ich jetzt mit ihm anfangen ?“ „Begrabt ihn doch in irgendeiner Ecke, vor Tagesanbruch“. sagte die Alte, die von dem Schuss aufgewacht war. „Sonst werden Euch die Leute mit dem Zweispitz auf die Pelle rücken.“ Das brauchte sie nicht zweimal zu sagen. Schon war er draussen, auf dem Leder seiner Füsse. Und schon ludt er den Leichnam auf den Rücken und trippelte bis zu einer Ecke des Obstgartens, um ihn zu beerdigen und das ohne Gottesdienst oder Totengesang. Jedoch wisst Ihr ja, dass der Leichnam nichts anderes als die Vogelscheuche war.

Jean Spitzbub war am Eingang der Krippe versteckt. Schnell schlich er sich ins Haus und näherte sich dem Schrankbett. „Seid Ihr schon fertig ?“ sagte die Tante, die ein gutes Gehör besass. „Nein“, antwortete er mit der Stimme seines Onkels. „Ich brauche ein Leichentuch, um ihn wie einen guten Christen zu beerdigen. Es ist schliesslich mein Neffe. Gebt mir das Laken, das Ihr unter Euch habt !“ „Nehmt es“, sagte das Weib. „Ihr seid ein guter Mensch.“

„Das ist nicht alles“, fährt der Andere fort. „Ich habe kein Vertrauen in Eure Zunge. Ihr seid fähig, mich zu verraten, ohne Euch dessen bewusst zu sein. Schwört mir, niemandem ein Wort von all dem zu sagen !“ „Ich schwöre es“, sagte sie mit erhobener Hand. „Um sicher zu gehen“, sagt Jean Spitzbub „werde ich Euch Euren Ehering als Pfand nehmen. Euer nackter Finger wird Euch an Euren Schwur erinnern.“ Er bemächtigte sich des Rings und verschwand, ohne Lebewohl zu sagen. Die Alte, in ihrem Bett, schimpfte auf die Mannsbilder.

Einige Zeit später kam der Onkel zurück, um sich schlafen zu legen, todmüde von seiner Arbeit als Totengräber. Kaum war er in seinem Bett, blieb er bewegungslos und nachdenklich sitzen, wie die Statue von Herrn Laennec auf dem Saint-Corentin-Platz in Quimper. „Legt Euch doch ganz hin“,sagte die Alte. „Ihr habt genug getan für diese Nacht.“ „Wo ist das Laken hingekommen ?“ sagte der Hausherr. „Ihr habt wirklich den Kopf verloren“, meckerte sie. „Ihr selbst habt mir es vorhin genommen, um Euren Neffen wie einen guten Christen zu beerdigen.“ „Und gleichzeitig“, fuhr der Ehemann fort „habe ich Euch vielleicht auch Euren Ehering abverlangt, als Bürgschaft für irgend etwas ?“ „Ganz genau. Wenn es nicht dunkel wäre, dann sähet Ihr, dass ich darüber noch rot vor Schmach bin.“

Und da tat der arme Mann einen langen Seufzer. „Was habt Ihr ?“ fragte die Alte. „Nichts“, sagte er. „Das Leben geht schnell vorbei. Und jetzt sind wir schon zu alt, alle beide“.

In der Zwischenzeit bastelte Jean Spitzbub mit Lumpen und Heu eine Art Vogelscheuche für Krähen, die ihm wie ein Bruder ähnelte, wenn man ihr nicht in die Augen sah und sie nicht bat zu pfeifen.

DAS MÄRCHEN DER DREI BRÜDER

Es war einmal... es begab sich zu alten Zeiten... es war einmal ein Weib, das Witwe mit drei Söhnen geworden war. Wer sie war, das weiss ich nicht und auch nicht, wie man sie nannte und wo ihre Bleibe war. Übrigens habe ich niemals jemanden aus ihrer Verwandtschaft gekannt, weder gut noch weitläufig. Wahrscheinlich war sie weder von hier, noch aus der Umgebung. Auf jeden Fall war sie arm zum Totschlagen und als die Stunde kam, zu der sie starb, hinterliess sie einen Hahn, eine Katze und eine kleine Ziege. Dies zeigt, dass die Welt gut gemacht ist : hätte sie weitere Kinder gehabt, wie hätte sie sonst ihren Besitz gerecht unter ihnen aufteilen können ? Der älteste Sohn bekam den Hahn, der mittlere die Katze und der kleinste musste sich mit der kleinen Ziege zufrieden geben. Welch armseliges Vermögen für sie, nicht wahr ?

„Na also“, sagte der älteste Sohn „die Platte, auf der wir Crêpes backen, ist hier nicht oft fett. Ich habe Lust wegzugehen, um zu sehen, ob im oberen Land die Nahrung grosszügiger bemessen für den Magen des armen Mannes ist. Ich nehme meinen Besitz mit, falls ich nicht vor dem Jüngsten Gericht zurückkommen kann.“ Darauf setzte er seinen Hahn in einen Korb, stellte den Korb auf seinen Kopf und sagte Lebewohl.

Nachdem er vor sich hingelaufen war und seine Füsse an den Steinen der Strasse gestossen hatte, kam unser Mann vor ein grosses Haus inmitten eines schwarzen Forstes. Ein Haufen Knechte und Mägde gingen zwischen den Krippen, Pferdeställen und Schuppen hin und her. Der Herr des Hahns erbat sich Unterkunft für die Nacht und sie wurde ihm gewährt und schon ass er inmitten der Anderen am grossen Tisch zu Abend, schlug sich den Bauch voll und es war ein satter Mann, der sich in dem Pferdestall über den Pferden schlafen legte. Aber er wäre gern einen Augenblick am Feuer geblieben, um zu rauchen und von allen möglichen Dingen zu sprechen, wie man hierzulande tut. Statt dessen, kaum war der letzte Bissen herunter, ging jeder zu Bett, ohne ein Wort und ohne die geringste Neuigkeit von dort, wo er herkam zu erfragen. Gut. Jedoch, kaum hatte Mitternacht geschlagen, da sah die Sache ganz anders aus. Es war ein Durcheinander, ein Rufen, Wiehern, man sah Laternen, der ganze Hausstaat war auf den Füssen. Der Bursche stand auf, um zu fragen, wo Feuer ausgebrochen sei. „Nirgends“, antwortete man ihm. „Wir schirren die Gäule an, um die Sonne zu holen, wie wir es jede Nacht tun.“ „Vielleicht habt Ihr keinen Hahn, liebe Leute !“ „Was ist das, ein Hahn ?“ „Ein kleines Ferdervieh, das die Sonne kommen lässt, ohne es jemals zu versäumen. Ich habe einen in meinem Korb. Wenn Ihr wollt, verkaufe ich ihn Euch und Ihr könnt von nun an bis zum Tagesanbruch in Euren Betten schlafen.“ Das Geschäft wurde für hundertfünfzig Taler abgeschlossen. Zur damaligen Zeit hätte ein Hahn für achtundvierzig Heller keinen Abnehmer im Dorf von Plozévet gefunden.

Der zweite Bruder war mit seiner Katze weggezogen, um sein Vermögen in einer anderen Richtung zu suchen. Seine Mutter hatte ihm beigebracht, dass man niemals zweimal an derselben Stelle Glück hat. Nachdem er die Strasse unter seinen Füssen hergetrieben und den Horizont in seinen Augen aufgesammelt hatte, kam er in die Nähe einer grossen Mühle an einem Fluss und da erbat er Gastrecht. Man gab ihm freiherzig zu essen, aber das Mahl war mager, was am Tische eines Müllers erstaunlich war. Noch erstaunlicher war es, dass alle ständig besorgt aussahen und auf der Hut waren. Jeder Mann, jedes Weib und jedes Kind hatte immer einen Stock griffbereit. Als unser Mann fragte warum, antwortete man ihm, dass er bald sehen würde. Und zuerst hörte er. Kaum hatte er sich umgelegt, im Speicher, auf einem Haufen alter Säcke, da brach der Krieg um ihn herum aus. Geschrei, Hohngelächter, Stockschläge, Geräusche von Kesseln, auf die man mit den Deckeln schlug, ein wahrer Spektakel für eine Teufelshochzeit. Und unterdessen tobte die in ihrem Korb eingesperrte Katze voller Wut. Ihr Herr stieg hinunter, um den Grund für diesen nächtlichen Aufstand zu erfragen. „Wir widerstehen den Ratten und Mäusen“, wurde ihm geantwortet. „Sonst bleibt morgen kein Korn und kein Stückchen Sack mehr hinter ihnen übrig.“ „Mehr ist es nicht ?“ sagte er. „Lasst mich machen.“ und er liess die Katze frei. Das Tier, nüchtern seit mehreren Tagen, stellte ein solch erbarmungsloses Gemetzel an, dass die Nager den Bezirk bis auf den letzten Schwanz verliessen. Was kann ich Euch noch mehr sagen ? Man kaufte die Katze für dreihundert Taler.

Unterdessen zog der Letztgeborene seine Ziege an einem Strick hinter sich her, auf dem Weg, den man ihm gelassen hatte. Ihr seid vielleicht bereit zu glauben, dass er an irgendein Herrenhaus kam, wo man keine Milch kannte und dass er seine Ziege mindestens zum Preis eines Ochsenpaares verkaufen wird. Nein, ich kann die Wahrheit nicht ändern und sie ist diese : als er durch eine verlassene Heidelandschaft zog, sah unser Bursche einen Reiter auf sich zukommen, der ein hässliches Aussehen hatte und eher wie ein Dieb als ein guter Samariter aussah. Sogleich klammerte er sich an den Strick und begann daran zu ziehen, als sei an seinem Ende kein kleines Zicklein, sondern sechs Postgäule. „Gebt mir Eure Geldbörse, Ihr Flegel“, sagte der Reiter mit grober Stimme. „Ich täte es gerne, denn Du hast die Pistole, aber meine Geldbörse ist ganz unten in meinen Beinkleidern versteckt und ich kann diese verdammte Ziege nicht loslassen.“ „Du hast viel Mühe mit einem solch jämmerlichen Vieh.“ „Solch jämmerlich ? Du bist ein starker Mann, so glaubst Du, aber niemals wird es Dir gelingen, es zehn Schritte weit zu ziehen.“ „Ich ? Halte mein Pferd und ich werde es Dir zeigen.“ Der Bandit stieg ab, gab dem jungen Mann die Zügel seines Pferdes und griff den Strick des Zickleins. Er zog so fest, dass er beim ersten Mal auf den Rücken fiel. Als er wieder aufstand, rot vor Wut, verschwand der Erbe der kleinen Ziege auf dem Rücken des Pferdes, ohne Lebewohl zu sagen.

Jede Woche, solange es Karotten gab,
ludt Hans seinen Karren am Freitag Abend…

HANS WUNDERLICH

Hans Wunderlich war ein Karottenhändler, der vor langer Zeit irgendwo in der Bretagne lebte. Ich weiss nicht genau, in welcher Gegend. Und wenn ich es wüsste, dann würde ich es Euch nicht sagen, aus Angst, mir Vorwürfe irgendeines Urenkels zuzuziehen, der die Karotten beiseite liess, um Lauch anzubauen, wie wir sagen, das heisst den falschen Stolz. Lassen wir also Hans Wunderlich, Rentner in der anderen Welt seit langer Zeit, das unangefochtene Eigentum seines namenlosen Ruhms. Und was kümmern uns seine Nachkommen !

Jede Woche, solange es Karotten gab, ludt Hans seinen Karren am Freitag Abend, schirrte gegen Mitternacht an und machte sich im Schritt seines Gauls Laouig, dem bravsten Tier, das jemals in einem Pferdestall gelebt hat, auf den Weg. Er kam über drei Wegkreuzungen, deren Namen „die Hölle" (ein Schluck Schnaps, um den Wurm zu töten), „das Fegefeuer" (ein randvolles Glas Cidre, um das Fleisch zu entspannen) und „das Paradies" (eine Kruste, um das Herz zu ernähren) waren, bevor er in der Stadt Quimper ankam, genau in dem Augenblick, wo der Sonnenaufgang die erste Scheibe der alten Markthallen beleuchtete.

Einmal jedoch, als die Nacht so dunkel war wie der Boden einens Sackes, fuhr Hans Wunderlich zügig in Richtung „das Paradies" und der Geruch seiner Karotten liess in ihm engelhafte Träume aufsteigen. Ein schriller Pfiff liess ihn auf seiner ganzen Haut erzittern. Es waren die Kerle mit weissen Rockschnüren, die immer zu zweit gehen, die Bogenschützen. „Warum habt Ihr keine Laterne an Eurem Karren ?" schrie der Chef, mit seiner gröbsten Stimme. „Eine Latene ? Verdient ein schlechter Karren wie der meinige eine Laterne ? Nur die Senatorkutsche trägt eine. Und ich bin leider nicht einmal Stadtrat." „Das Gesetz sagt, dass man eine Laterne an jedem Karren haben muss, der nachts rollt." „Gut ! Grüsst respektvoll das Gesetz von mir und schwört ihm, dass ich ihm gehorchen werde wie sein Sohn." und Hans Wunderlich, nachdenklich, überquerte die Wegkreuzung „das Paradies", ohne den geringsten Imbiss zu sich zu nehmen. Das Gesetz fiel ihm auf den Magen.

Am nächsten Freitag hatte er seinen ganzen Appetit wiedererlangt, als er mit einem Karren voller Karotten vor der Wegkreuzung „das Fegefeuer" angelangte, an einer Nacht, die schwärzer als die Erbsünde war. Er suchte schon seine Flasche Cidre, um damit Horn zu spielen, als ihm eine andere, weniger angenehme Musik zuvorkam : der Pfiff des Gesetzes. Die beiden silbern eingefassten Zweispitze leuchteten schwach vor ihm über zwei Mondgesichtern. „Ihr seid es schon wieder !" brüllte der Chef mit der groben Stimme. „Und doch, Ihr hattet mir versprochen, eine Laterne an Euren Karren zu hängen. Wenn man ein Mann ist, der gegenüber dem Gesetz sein Wort nicht hält, dann muss man seine Geldbörse öffnen oder ins Loch gehen." „Ich bin ein Mann, der sein Wort hält, mit oder ohne Gesetz". antwortete Hans Wunderlich würdevoll.

„Die Laterne ist da. Sie hat mich siebzehn Pfennig und drei Heller gekostet. Tastet vor dem linken Rad und Ihr werdet sie finden.“ „Sie ist wirklich da“, sagte der Bogenschütze. „Aber wozu dient sie, da keine Kerze drin ist,“ „Warum habt Ihr das nicht früher gesagt, Gefreiter ! Jetzt, wo ich weiss, dass das Gesetz eine Kerze wünscht, werde ich nicht unterlassen, so schnell es geht, eine zu kaufen.“ Und Hans peitschte seinen Gaul Laouig, während die Gesetzeshüter mit einem mitleidsvollen Lächeln in der Nacht verschwanden. Aber die Cidreflasche blieb voll. Sie hatten den Durst des Karottenhändlers mitgenommen.

Noch eine Woche später und der Pfiff überraschte Hans Wunderlich mitten auf der Wegekreuzung „die Hölle“, genau dann, als er Lust auf einen Tropfen Branntwein verspürte, um seine Laune zu verbessern. Die Stimme des Gefreiten tönte schallend in der Nacht, bösartig wie ein Krug ohne Boden, dem bewusst ist, dass er zu nichts nütze ist. „Hans Wunderlich, ich habe Euch zwei Verwarnungen gegeben. Diesmal gibt es kein Verzeihen.“ „Was gibt es zu verzeihen ?“ sagt der Andere. „Ich habe die Laterne und die gesetzesmässige Kerze.“ „Und warum steckt Ihr sie nicht an ?“ „Warum habt Ihr nicht früher von Licht gesprochen, anstatt Umwege über die Laterne und die Kerze zu nehmen ? Und ausserdem ist mein Gaul blind.“ „Das Licht ist nicht für den Gaul, sondern für Euch und diejenigen, die vor Euch sind oder hinter Euch kommen.“ „Ich brauche kein Licht, Gefreiter, denn ich schlafe den ganzen Weg lang und wache nur auf, um „die Hölle“, „das Fegefeuer“ und „das Paradies“ zu ehren. Für diejenigen, die von vorne oder hinten kommen, habe ich unter meinem Karren einen grossen, leeren Marmeladeneimer festgemacht, der mehr Krach macht, als sämtliche Glocken Quimpers.“ „Aber das Gesetz sagt, dass die Karren beleuchtet sein müssen.“ „Wenn das Gesetz das sagt, dann… “ Und Hans sparte seinen Tropfen Branntwein, als er an all die Ausgaben dachte, die ihm bevorstanden, armer Teufel, wegen diesem Gesetz, das dazu zwang, seinen Karren zu beleuchten, wie eine umherziehende Kirche.

An diesem Tag, nachdem er seine Karotten verkauft hatte, trat unser Mann seinen Heimweg zu Mittag an, bei strahlender Sonne. Er hatte ein gänzlich ruhiges Gewissen, denn er hatte die Kerze in seiner Laterne angesteckt. Als er aus der Stadt kam, traf er die beiden Bogenschützen zu Pferd und diese, stellt Euch vor, brachen in Gelächter aus und schlugen sich mit der Faust an die Stirn, auf die Gefahr hin, dass ihre silbern eingefassten Hüte herunterfielen. Seither schenkt der ehrliche Hans Wunderlich dem Gesetz überhaupt keine Achtung mehr.

DER KLEINE SCHNEIDER VON LA TRINITÉ

Der Weiler „La Trinité“ war das den Schneidern und Stickern reservierte Viertel der Pfarrgemeinde. Sie hatten ihre Häuser rund um die gleichnamige Kapelle gebaut, die dem Vater, dem Sohn und dem Heiligen Geist geweiht war, weil es ihnen zu schwer fiel, ihr Seelenheil zu finden, als dass sie sich mit dem Schutzheiligen der Pfarrgemeinde hätten zufrieden geben können. Hatten sie also so viele Sünden auf ihrem mageren Rücken ? Sie selbst konnten so viel suchen, wie sie wollten, sie fanden keine einzige, Schwur eines Fadenlutschers ! Aber die übrigen getauften Köpfe des Bezirks luden ihnen sämtliche im Kessel des Teufels zusammengekochten schlechten Eigenschaften auf. Man beschuldigte sie sogar, sich die Taschen ihrer Beinkleider mit drei Dutzend Taschentüchern vollzustopfen, um glauben zu lassen, sie hätten starke Rücken und ein dickes Hinterteil, wo sie doch rundherum flach waren. Die Dreieinigkeit wird wohl das Wahre vom Falschen trennen. So sei es !

Ihre Zahl war sechsmal zwanzig, heisst es, und sie bildeten Arbeitsgruppen unter der Leitung von Meistern, die die Arbeit unter ihnen verteilten. Zur damaligen Zeit gingen die Schneider bei ihren Kunden auf dem Land arbeiten, wo sie Kost und Unterkunft erhielten, solange die Arbeit dauerte. Je nach Jahreszeit und Wetter, fand man für sie einen Platz im Gras unter einen grosskronigen Baum, im Stroh einer Scheune oder auf dem grossen Tisch im Wohnraum. Und sie liessen die Nadel spielen, die Beine unter sich, und erzählten ins Haarkleinste die Neuigkeiten des Landes, zum grössten Vergnügen der Damen. Seid deshalb nicht erstaunt, dass sie die besten Stücke in der Küche ergatterten. Und man musste sie schon Bestens behandeln, wenn man wollte, dass das Kleidungsstück ohne Fehler war. Die Hausherren rächten sich, wenn sie mit leiser Stimme zu verstehen gaben, dass man sieben oder neun Schneider brauchte, um einen ganzen Mann zu machen. Welch böse Zungen, heiliger gesegneter Demeter !

Also, ein Schneider aus „La Trinité“ ging eines Tages davon, um in einem recht reichen Bauernhof ein Hochzeitsgewand zu fertigen. Mit ihm war ein Lehrjunge, ein junger, dürrer Knabe, der dieses Gewerbe scheinbar gewählt hatte, um sich den Wanst mehr als einmal in der Woche vollzuschlagen, wie er es bei seinem armen Mann von Vater gemacht hatte. Tatsächlich stürzte er an die Nahrung mit solch einer Begeisterung, dass er den Schneider selbst erstaunte. Und doch, glaubt es mir, konnte dieser mit seinem Kiefer noch besser arbeiten als mit Nadel und Schere. „Dieser Junge macht mir keine Ehre“, sprach er zu sich. „Zuerst weiss er nicht, was er seinem Rang schuldig ist. Wenn man Lehrjunge ist, erlaubt man es sich nicht, mehr zu essen, oder nur genauso viel wie der Meister. Wenn ich ihm die Zügel locker lasse, wird er am Ende meinen Anteil verschlucken. Ausserdem bin ich in Abwesenheit seines Vaters mit seiner Erziehung beauftragt. Ich muss ihm beibringen, seinen Appetit zu zügeln, um nicht zu sehr zu leiden an den Plätzen, wo die Nahrung ärmlich ist. Und schliesslich neigen die Leute schon dazu, uns als Fresssäcke zu bezeichnen, was eine grosse Lüge ist, die schnellstens ausgerottet werden muss. Ich werde ihm die Leviten lesen.“

Er rief seinen verfressenen Lehrjungen. „Hört mir zu, unverschämter Kerl, der Ihr seid ! Ich verbiete Euch, an die Nahrung zu stürzen wie eine Möwe des Meeres. Wegen Euch erröten die drei Personen der Dreieinigkeit. Und wenn Ihr Euch den Sack bis zum Adamsapfel vollgeschlagen habt, steigt der Schweiss in Eure Finger und Ihr befleckt mein Garn. Zum Schluss werde ich auch noch wegen Euch erröten. Also, hört zu ! Jedesmal wenn Ihr bei Tische seid, lasst Ihr mich nicht aus den Augen. Ihr bringt den Bissen langsam zu Eurem Mund, wie ich es tun werde. Und wenn ich Euch mit dem Fuss unter dem Tisch berühre, dann hört Ihr auf zu essen, hört Ihr ? Ihr werdet genügend für Euer Alter und die Arbeit, die Ihr leistet geschluckt haben.“

Der arme Lehrjunge versprach, dem Fuss zu gehorchen. Er hatte eine Heidenangst, zu seinem Vater zurückzukehren, wo das ganze Jahr über die Fastenzeit wütete.

Am selben Abend bereitete die Herrin einen Kessel voll Brei für ihre Leute. Sie machte mit dem Stab, der zum Rühren des Breis gedient hatte ein Loch hinein und in dieses Loch steckte sie ein grosses Stück Butter zum Schmelzen. Der Kessel kam auf den Tisch. Es gab keine Teller. Jeder tauchte seinen Löffel auf seiner Seite in den Brei und tunkte ihn dann in die Butter, wenn er voll war, schluckte ihn dann unter und begann aufs Neue, ohne Umschweife. So war unser Brauch. Kaum jedoch hatte er seinen dritten Löffelvoll gegessen spürte der Lehrjunge, dass man sein Bein unter dem Tisch berührte. Sogleich hörte er tiefbekümmert auf zu essen, trotz der Einladungen der Herrin, die ihm sagte : „Esst beherzt. Ihr müsst noch wachsen. Und esst sogar meinen Anteil von ganzem Herzen. Ich weiss nicht, was ich heute Abend habe, ich kann keinen Brocken herunterbekommen.“ Nichts half. Der Knabe steckte seinen Holzlöffel in seine Tasche.

Und alle legten sich schlafen. Es gab vier Schrankbetten in dem Wohnraum, der sehr langgezogen war. Man hatte das hintere den beiden Schneidern angewiesen. Als sie auf dem Strohsack lagen, sagte der Meister zum Lehrjungen : „Warum habt Ihr heute Abend nicht gegessen ? Seid Ihr auch krank ?“ „Nein, aber Ihr habt mein Bein berührt, mitleidsloser Mann.“ „Ich ? Nie im Leben ! Das war ohne Zweifel der Hund !“ „Leider“, sagte der Lehrjunge. „Hund oder Katze, ich sterbe vor Hunger. Hört Ihr nicht meine Eingeweide singen ?“ „Steht auf, mein Sohn, und geht vorsichtig bis zum Kamin. Der Kessel steht auf dem Stein der Feuerstelle. Und es ist noch eine grosse Portion Brei darinnen. Esst sie und kommt leise zurück.“ „Es ist gut, aber wie werde ich es anstellen im Dunkeln durch das ganze Haus zu gehen, ohne jemanden zu wecken ?“ „Ganz einfach. Nehmt diese Garnrolle. Ich halte das Garnende in meiner Hand. Ihr entrollt die Rolle während Ihr vorsichtig in Richtung Kessel geht. Bei der Rückkehr rollt Ihr wieder auf.“ „Danke, Meister.“ „Ein Danke genügt nicht. Wenn Ihr Euch sattgegessen habt, bringt Ihr mir ein wenig Brei mit zurück. Ich habe innen noch ein kleines Loch.“ „Das werde ich tun“, sagte der Lehrjunge „wenn noch etwas davon übrig ist.“

Am selben Abend bereitete die Herrin einen Kessel voll Brei für ihre Leute

Und schon wagte er sich zwischen die Möbel und die Betten voller Schläfer und rollte sein Garn ab. Er erreichte die Feuerstelle, fand den Kessel, füllte sich den Bauch mit Brei bis an die hinteren Zähne. Aber er konnte nicht alles essen, trotz der grossen Lust, die er dazu hatte. Er nahm den Rest in eine Hand, um ihn seinem Meister zurückzubringen und schickte sich an, das Garn aufzurollen. Jedoch hatte sich das Garn an der Bank des Schrankbetts festgehängt, wo der Herr des Hauses und sein Weib schliefen. Der Lehrjunge, als er die Bank mit dem Knie anschlug, dachte sich, an seinem Bett angekommen zu sein. Er öffnete die Türen und wollte einsteigen. In diesem Moment tat die Herrin einen langen Seufzer. Der Knabe, der glaubte, den Schneider blasen zu hören, drückte die Handvoll Brei auf den offenen Mund der Schläferin und sagte mit leiser Stimme : „Es ist nicht nötig zu blasen. Es ist nicht zu heiss.“

Die Herrin verschluckte sich, spuckte den Brei auf das Laken und begann zu schreien. Da erkannte der Lehrjunge seinen Irrtum und flüchtete blindlings. Man wachte in grossem Aufruhr auf, man entzündet einen Docht. Alle waren höchst erstaunt zu sehen, dass die Herrin Brei erbrochen hatte, ohne davon gegessen zu haben. Als man aber bemerkte, dass der Kessel leer war, glaubte man, die arme liebe Frau sei Schlafwandlerin und habe den Brei zu Ende gegessen, ohne sich dessen bewusst zu sein. Die beiden Schneider warteten sieben Jahre, bevor sie die Geschichte erzählten. Welch grosses Leid mussten sie wohl ausstehen, so lange Zeit den Mund zu halten !

DREI HEMDEN AUS HANF

Das Handwerk Clet Rious war Schneider und Sticker. Er verbrachte vergnügt sein Leben, indem er die prächtigen Hochzeitsgewänder im Tuch von Montauban für die reichen Landbesitzer fertigte, sie geduldig mit gelbem, rotem oder grünem Garn schmückend. Er selbst hatte immer nur Hanftuch auf dem Leib getragen, das sein Weib gesponnen und ein anderer armer Kerl seiner Gattung gewebt hatte. Aber was soll's ! Das genügte nicht, um seine Laune zu verderben. Keinerlei Neid hatte bei ihm Einlass gefunden. Und da er Lauch mochte, was heisst Komplimente, erachtete er, besser für seine Mühe bezahlt zu werden, wenn er den Lobliedern zuhören konnte, die über ihn in dem Bezirk gesungen wurden, als mit den paar Talern, die seine Familie so recht und schlecht vor der hündischen Not verteidigten. Eine Nadel, das ist nur wenig, um zehn Kinder zu ernähren. Sein Weib, Marguerite Le Coz, zählte er nicht mit. Es hatte niemals Hunger. Von Zeit zu Zeit brachte ihm Clet Riou irgendetwas Gutes zu Essen mit, das man ihm in einem Bauernhof gegeben hatte, wo er arbeitete. Die Kinder verschlangen alles, Marguerite genoss die Krümel, wenn welche da waren. Und das war nicht oft.

Mit Brot und dem notwendigen Lauch, wäre der Sticker der glücklichste Mensch auf Erden gewesen, hätte er nicht einen Wurm gehabt, der ihn unter seinem Schädelknochen plagte. Dieser Wurm war der der Berufung. Und die Berufung Clets war die, Landstreicher zu sein. Er konnte nichts dafür. Er hätte gerne aufs Geratewohl die Welt durchstreift, mit geöffneten Lidern und Nasenlöchern, den Speichel im Mund bereit, um mit den Leuten zu schwätzen. Er beneidete die Lumpensammler aus Arrée, die ein Pferd am Zügel ziehend kreuz und quer durch das Land zogen, die herumziehenden Kurzwarenhändler, die Scherenschleifer, die schwarzhäutigen Zigeuner, sogar die Bettler auf den Wallfahrten, die ständig mit ihrer am Gürtel festgebundenen Holzschale unterwegs waren. Und die Viehhändler, die in ihren bequemen zweirädrigen Wagen von Markt zu Markt galoppierten, warum nicht ?

Statt dessen liess er sich, seit er elf Jahre alt war, vor Tagesanbruch, an allen Tagen, die Gott erschuf auf einem Strohlager in einem Kuh- oder Pferdestall eines Bauernhofes nieder. Und da liess er seine Nadel bis zum Dunkel der Nacht spielen, ohne andere Gesellschaft als die der Tiere oder der Weiber. Die Tiere geben nicht viel her, wenn sie einem nicht gehören. Mit den Weibern kann man angenehm einen Augenblick spassen, wenn sie es wollen. Und ausserdem kümmern sie sich um die Küche, was beachtlich ist. Und vor allem sind sie nicht knauserig mit Komplimenten, diese Pfiffikusse. Aber ihr Geist reicht nicht weit, wenn es darum geht zu philosophieren. Die Männer hingegen arbeiteten geschäftig auf den Feldern, während er auf dem Stroh hockte. Er traf sie nur zu den Mahlzeiten. Und da musste er sich gegen den beissenden Spott wehren : „Wo habt Ihr die sechs anderen gelassen ?“ „Welche anderen ?“ „Jeder weiss doch, dass man sieben Schneider braucht, um einen Mann zu schaffen.“ (Und dazu kam Gelächter !) „Die sechs anderen“, antwortete Clet „die wollten sich nicht bemühen für so eine geringfügige Gesellschaft. Sie behaupten, dass ein Schneider mehr Geist besitzt, als Ihr alle zusammen. Ich, ich weiss nicht.“ Daraufhin wurden die Männer mürrisch. Man musste von etwas anderem sprechen. Ach ! Das Leben ist schwer, wenn man auf halben Wege zwischen den Burschen und den Mädchen ist. Und der Mann mit dem Fingerhut stickte griesgrämig Woche auf Woche Pfauenfedern, Lebensketten, Hammelhörner, Fischgräten und er hörte, wie sein Wurm ihm das Hirn auffrass. Bei Mondschein kehrte er nach Hause zurück, begleitet vom Geräusch seiner Holzschuhe. Und der Mond, glaubt mir das, tat ihm nicht gut.

Und doch hatte er seine ruhmreichen Tage, der Clet Riou. Wenn er ein prächtiges Gewand beendet hatte und bevor er damit fortfuhr, das Nächste anzufangen, machte er sich das Leben ein bisschen schön und der Wurm hörte während dieser ganzen Zeit über in seinem Kopf auf. Nachdem er Marguerite Le Coz das Geld für seine Arbeit bis auf den letzten Heller übergeben hatte, machte sich der Sticker auf Achse, mit nichts in den Händen und nichts in den Taschen. Er verliess sich auf seine Zunge, um sich zu ernähren und damit hatte er nicht unrecht. Die Leute hören so gerne den Geschichten zu, dass es eine Sünde wäre, sie ihnen zu versagen, die Armen, sie haben ansonsten genug Leid. Und Geschichten kannte Clet haufenweise, die Alten, die von seinem eigenen Vater erfahren hatte und die Neuen, die er selbst zwischen seiner Nadel und seinem Fingerhut erfand. Man kam eine Wegstunde weit her, um ihn seine Märchen unter dem Rauchfang der Kamine aufsagen zu hören. Wie er wollte, liess er die Kinder staunen, die Mädchen weinen, alle lachen, sogar die Männer, Ehrenwort, die nahe daran waren zuzugeben, dass diese Missgeburt manchmal sieben Kerle ihres Schlages wert war. Wenn er gegangen war, wunderte man sich, hinter ihm die Saat der Weisheit aufgehen zu sehen. Welche Rache ! Und freilich bekam er die besten Bissen, die er mit dem besten Tropfen herunterspülte. Für diejenigen, die das nicht wissen, soll gesagt sein, dass ein Sticker sich des Trinkens enthalten musste, während der ganzen Zeit, die er mit seinem Auftrag beschäftigt war, sonst macht der Schweiss seiner Finger das Garn matt. Und um ein prächtiges Gewand zur Vollendung zu bringen, quälte sich Clet Riou vierzig bis sechzig Tage lang und löschte seinen Durst dabei nur mässig mit Brunnenwasser. Jedoch, wenn er seine Geschichten von einem Kamin zum anderen führte, wollte er nur von starken Getränken reden hören, Ihr versteht, was ich Euch sage.

Einmal geschah es, dass er ein Hochzeitsgewand für eine reiche Erbin am vorletzten Tag vor Weihnachten beendete. Eine harte Arbeit. Der doppelte Brusteinsatz, die Ärmel mit Stulpe und alles Übrige, die Haarhaube einbegriffen waren so passend und eng bestickt, dass er seine feinste Nadel kein weiteres Mal hätte einstechen können. Es war das Meisterwerk Clets, gemacht, um hundert Jahre zu halten und es hält bis heute. Sowie das Gewand im Hause der Erbin ausgestellt war, kam man von überall hergelaufen, es zu bewundern. Der Künstler wurde dermassen mit Komplimenten überschüttet, dass es ihm fast zuviel wurde, ich schwöre es Euch. Aber er war bis ins Knochenmark erschöpft. In seinem Kopf zappelte der Wurm wie ein Teufel. Anstatt das Fest der Geburt Christi bei sich zu Hause, umgeben von Marguerite Le Coz und den zehn Kindern abzuwarten, konnte er es nicht mehr aushalten und floh auf die Strasse. Es herrschte bittere Kälte, der Schnee begann zu fallen. Marguerite liess ihren Mann drei ganz neue Hanfhemden überziehen, um ihn warmzuhalten und Lebewohl !

An der ersten Herberge an einer Kreuzung, die sich auf seinem Weg befand, kam Clet Riou nicht umhin einzutreten, als er ein halbes Dutzend Tiere an den Ringen der Fassade angebunden sah. Folglich waren viel Leute darinnen und er würde seine Zunge nach Belieben gehen lassen können. Kaum hatte er den Fuss auf die Schwelle gesetzt, wurde er schon von fröhlichem Geschrei begrüsst. Die Nachricht, dass das Hochzeitsgewand der Erbin von L… das schönste jemals aus Stickers Händen entsprungene sei, hatte schon die Runde gemacht. Unser Mann hatte tausend Mühen die Komplimente zu verdauen. Das war zuviel Lauch auf einmal. Das ging nicht, ohne zu trinken. Selbst der Wirt gab seine Runde aus. Um nicht schamlos zu erscheinen, konnte Clet Riou nicht hinten anstehen. Da er keinen roten Heller hatte, zog er triumphierend sein erstes Hemd aus und liess es dem Burschen hinter dem Schanktisch, um die Leute ordentlich zu bewirten.

Und schon zog er weiter, hinten in einem Karren hin- und hergeschaukelt, bis zu einer zweiten Wegkreuzung und einer zweiten Herberge, wo dasselbe Spiel von Neuem begann, nur in lauterem Ton. Noch nie hatte der Bursche Clet ein so flinkes Mundwerk gehabt, um bis ins Kleinste die Motive zu beschreiben, die er auf das Gewand der Erbin gestickt hatte. Ich glaube sogar, dass er im Eifer des Gefechts welche erfand, die nicht darauf waren. Und der

Mit Brot und dem notwendigen Lauch,
wäre der Sticker der glücklichste Mensch auf Erden gewesen,
hätte er nicht einen Wurm gehabt,
der ihn unter seinem Schädelknochen plagt.

Lauch prasselte auf den unvergleichlichen Mann nieder. Einen solchen Ruhm kann man nicht ohne Freigiebigkeit annehmen. Das zweite Hemd ging drauf. Und es kam die dritte Herberge. Es gibt 99 davon zwischen der Erde und dem Paradies und man war noch weit entfernt von der, die auf halbem Wege liegt und die man Bitéklé nennt, aber Clet Riou hörte schon den Engelschor. Er hätte gerne mit ihnen gesungen, seine Zunge wollte ihm nicht helfen. Es fiel ihm recht schwer, sein letztes Hemd auszuziehen.

Am nächsten Tag, der Schnee war ohne Unterlass während der Nacht gefallen, fand es sich, dass ein gewisser Joseph Strullu auf der Strasse entlangging, aus Gründen, die nur ihn angehen. Er bemerkte im Graben einen Schneehaufen, den er um so merkwürdiger fand, da sein Handwerk Strassenarbeiter war. Nachdem er einen kräftigen Tritt mit einem Holzschuh hineingegeben hatte, um zu wissen, entdeckte er eine Hand mit schlanken Fingern und spachtelförmigem Daumen. Unter dem Schneehaufen befand sich ein Schneider. Rasch grub Jos Strullu den Körper aus, der ganz steif war. Es waren die sterblichen Überreste des guten Mannes Clet Riou. Schon bekreuzigte sich der Strassenarbeiter, um ein Gebet anzustimmen, als der Körper nieste. Es war mager, es war kärglich, aber es war ein Niesen. Und da rannte Jos zum ersten Haus, das er fand. Man kam mit einem Handkarren bis zum Graben, man ludt den sich nicht mehr biegsamen Körper hinein und es ging in rasendem Galopp in Richtung des Hauses von Clet. Die zehn Kinder erwarteten den Vater angstvoll, Marguerite Le Coz in aller Ruhe, wie immer. Ihr wisst doch gut, dass dieser Mann da sieben Eurer Sorte wert ist, sagte ihre heitere Stimme. Sie zündete in der Feuerstelle ein Höllenfeuer an, liess ihren Mann auf die Kaminbank setzen, wo er so oft Wunderbares erzählt hatte und sie wartete ab.

Unterdessen war das Gerücht umgegangen, dass Clet Riou, der König der Sticker, in einem Graben umgekommen war, weil herzlose Herbergsväter ihm seine Hemden genommen hatten, ihn halbnackt in der Dezembernacht weggehen lassend. Es herrschte ein heftiger Umtrieb im Land. Von überall her kamen die Leute, die besorgt zu wissen wünschten, ob der Bursche auftaute oder ob Gott der Herr ihn bei Bitéklé an der Hand genommen hatte. Das Haus war voll, als die drei Wirte am Abend erschienen, jeder ein Hanfhemd zurückbringend. Man liess sie hindurch auf Grund ihrer Reue. Marguerite Le Coz speiste ohne Unterlass das Feuer. Schliesslich fehlte es an trockenem Holz. Sie behalf sich mit etwas grünem Reisig, der beissenden Rauch freiliess. Und da war es, dass Clet Riou richtig nieste und sofort darauf ausrief : „Gott lasse mich grösser werden !“ Er schüttelte den Kopf, er zog seine Beine ein, er strich sich über den Backenbart, er öffnete die Augen, er sah vor sich die drei knieenden Wirte, die ihm die drei Hemden vorzeigten. Just in diesem Augenblick schlug die Pendeluhr zwölf Mal.

„Die Heiligen Drei Könige“, sprach Clet Riou. „Christus ist geboren.“

Es gab mehr Freude in jener Nacht in diesem kleinen Winkel unserer Kartoffelerde als jemals zuvor oder auch danach.

DAS BLAUE HAUS VON KERLANTIG

Der alte Piton war der beste Strohdachdecker, der jemals in der Bretagne auf ein Dach gestiegen ist. Dies war dermassen offensichtlich, dass er keinerlei Scham empfand, dies laut zu verkünden, wenn es sich fügte, dass ihm jemand zuhörte. Aber es war nicht einfach zu verstehen, was er sagte. Er hatte eine so heisere Stimme, dass die Worte in seinem Mund immer den Kopf oder den Schwanz verloren. Und doch quälte er seinen ganzen Leib, um sie ganz herauszubekommen. Wenigstens wusste man, dass die Stücke bedeuteten : es gibt niemanden, der mich wert ist, um ein Strohdach zu machen, das ist sicher !

Er hatte das Gewerbe erlernt von Piton. seinem Vater, der es wiederum vom Grossvater Piton überliefert bekommen hatte und so geht es fort, zurück in der Zeit bis in das Jahr, in dem das erste Roggenfeld im Land geerntet wurde, denn es gab schon einen Piton, der das Stroh auswählte und kunstgerecht auf die Dächer legte. Übrigens liess der letzte Piton durchblicken, dass es der erste Piton, seine Vorfahre, gewesen sei, der die Strohdächer erfunden habe, ohne jemanden um Erlaubnis zu fragen. Eins ist sicher, niemals wurde ein von einem Piton gedecktes Dach leck. Das Schwierigste ist anzufangen und aufzuhören, sagte der Alte. Deshalb litt er niemanden um sich herum, wenn er sein Werk von unten her anfing oder wenn er die Erdschollen auf der Firstpfette auflegte. War er fertig, so säte er auf dem Rand Eures Daches ein Saatkorn, das er aus seinem Mund zog. Und das Korn wurde zu einer fetten Pflanze, einem durchaus unfehlbaren Mittel gegen Ohrenschmerzen. Das war seine Art zu unterzeichnen.

Das alles machte, dass der Strohdachdecker sehr gefragt war. Man kam von weit her, ihn mit einem bequemen zweirädrigen Wagen zu holen. Fast hätten die bäurischen Herren vor ihm den Hut gezogen. Er trug sein bestes Werkzeug am Gürtel hängend, wie ein Edelmann es mit dem Schwert tut. Und die Frauen taten siebenmal ihr Möglichstes, um ihn festlich zu bewirten, wenn er für sie arbeitete. Man wusste, dass er gutes Essen liebte. Dort, wo er gut behandelt worden war, wuchs ein Büschel Löwenmäulchen an einem der Kamine. Hatte er wenig und schlecht zu essen bekommen, dann waren es Disteln. Welch ein Mann ! Der König des Landes.

Und einmal begab es sich dann, dass ein Strolch, den er vor allen Leuten Balg geheissen hatte (denn seine Rede war hitzig) ihm einen so schlechten Streich spielte, dass der alte Piton deswegen sein Königreich verlor. Der Herr von Kerlantig, einer der grössten Bauernhöfe der Gemeinde, hatte ein neues Haus erbauen lassen. Er suchte den Strohdachdecker auf, um ihn zu bitten es zu decken. „Ich werde in vierzehn Tagen oder drei Wochen kommen". antwortete der Andere. „Ich kann Euch nicht sagen, an welchem Tag, aber ich werde Euch am Vortag Bescheid geben." Da in einem kleinen Dorf alles bekannt ist, bekam der Strolch Wind von dem Handel. Vierzehn Tage darauf wartete er die schwarze Nacht ab, bevor er nach Kerlantig ging. Alle hatten sich schon umgelegt. Er klopfte mehrmals ans Fenster. Der Herr, schlecht gelaunt, stürzte mit flatterndem Hemd aus seinem Schrankbett. Nachdem er das Fenster leicht geöffnet hatte, vernahm er eine heisere Stimme : „Morgen bin ich mit dem Sonnenaufgang auf Eurem Dach. Bereitet mir eine Kartoffelsuppe, stellt sie mir auf die Fensterbank und kümmert Euch nicht um den Rest. Bis morgen !"

Der Herr von Kerlantig weckte sein Weib, das in seine Holzschuhe sprang, um eine bestmögliche Suppe aufs Feuer zu stellen. Es wollte keine Disteln auf seinem Dach, sondern Löwenmäulchen. Mit dem frühsten Tagesanbruch stand die Suppenschüssel auf ihrem Platz und Herr und Gesinde gingen auf die Felder davon. Jedoch verging der ganze Tag, ohne dass man eine Spur vom alten Piton gesehen hätte. Die Suppe kam dem Hund gelegen, der mit dem Knüppel Bekanntschaft machte. Aber in der Nacht, hörte man erneut die heisere Stimme : „Ich konnte heute nicht kommen. Ich musste einen Cousin meines Onkels beerdigen gehen. Auf morgen, ich komme bestimmt und denkt an die Suppe. Ich möchte sie mit Bohnen." Wiederum verbrachte die arme Herrin einen Teil der Nacht mit ihrer Aufgabe zur Ehre der Löwenmäulchen. Aber der Dachdecker zeigte sich am nächsten Tag nicht mehr als am Vortag. Diesmal bekam der Herr von Kerlantig einen so gewaltigen Wutausbruch, dass er die Suppenschüssel zerbrach. Zwei Tage vergingen ohne Nachricht. In der Nacht des zweiten Tages vernahm man eine heisere Stimme : „Ich werde morgen vor der Sonne da sein. Bereitet mir eine gute Suppe am Fenster vor und lasst Euch nicht weiter stören. Auf Wiedersehen !" Diesmal, wie Ihr es erraten habt, war es der alte Piton selbst.

Und da sprach der Herr von Kerlantig zu seinem Weib : „Kocht diesem alten Burschen eine Suppe, in die Ihr hineintut, was nötig ist, einen Christen einen ganzen Tag lang mit seinen Beinkleidern zu beschäftigen. Egal ob er kommt oder nicht. Aber wenn er kommt, wird er lernen, seine Versprechen zu halten." Und nun war, beim ersten Tageslicht, der alte Piton vor dem Fenster, mit seinem Holzlöffel in der Hand und er nahm die Suppe in Angriff, die ihm von bester Qualität erschien. Aber kaum hatte er sie heruntergeschluckt, so riefen seine Eingeweide zu Hilfe. Er hatte nicht einmal Zeit, seine Leiter aufzustellen, um auf das Dach zu steigen. Im Galopp rannte er an eine geschützte Stelle, um niemanden zu beleidigen. Und er musste sich von Böschung zu Böschung bis zu sich nach Hause schleppen. Niemals war der Buchsbaumverschluss seiner Hose so auf die Probe gestellt worden. In Kerlantig herrschte eine solche Freude, dass die ganze Arbeit des Tages bequem in einem Fingerhut hätte Platz finden können.

Ihr könnt Euch denken, dass der Strolch sich nicht versagte, das Abenteuer zu erzählen und auch wie er die rostige Stimme des alten Piton zwei Nächte hintereinander nachgemacht hatte, damit der Herr von Kerlantig, als jähzornig bekannt, seine Wut an dem Letzteren ausliess. Dieser, der kein schlechter Mensch war, ging sich bei dem Dachdecker entschuldigen und schwor ihm, bei erster Gelegenheit das Rückgrat des Strolches zu brechen. Aber der alte Piton war zu arg gedemütigt worden. Niemals stimmte er zu, das Haus von Kerlantig zu

War er fertig, so säte er auf dem Rand Eures Daches ein Saatkorn,
das er aus seinem Mund zog.

decken, selbst mit einem Strauss Disteln am Kamin. Und so liess der Herr, der es sich leisten konnte, einen Dachdecker aus der Stadt rufen, der den blauen Stein bearbeitete, den man Schiefer nennt. Sein Haus war das erste in der Gegend, das so gedeckt war. Kerlantig verlor seinen Namen. Man nannte es Ti-Glaz. Und niemals mehr deckte man mit Stroh etwas anderes als die Schweineställe. Es blieb dem alten Piton nur noch, ganz langsam zu sterben. Und doch, bevor er Lebewohl sagte, ging er mit dem Herrn-der-Dünnschiss-Suppe, wie er sagte, Frieden schliessen. Von jetzt an ohne Groll brachte er ihm am Rand seines blauen Dachs einen schönen Kuhfladen an, in den er die Pflanze gesät hatte, die Ohrenschmerzen heilt.

DER NEUJAHRSTAG VON JOB AR CHORD

Job Ar Chord war oftmals in Verlegenheit gewesen während seines Arme-Teufel-Lebens, aber niemals so sehr wie in jenem Jahr. Er, sein Weib und seine fünf Kinder lebten kümmerlich von einer Kuh, zwei Schweinen und drei Feldern. Sie waren nicht am Schlechtesten dran im Sumpfgebiet. Aber jetzt war die Kuh Ende November unerwartet eingegangen. Sie hatte wohl selbst ein Abführmittel finden wollen, mit bestimmten Kräutern, die um die leicht salzigen Seen herum wachsen. Ihr wisst, Kühe… ! Man hatte die beiden Schweine schnellstens verkaufen müssen, um hier und da einige Schulden zu bezahlen. Man räumt jemandem, der keine Kuh mehr hat, keinen Kredit mehr ein. Seither lebte man vor allem von trockenen Kartoffeln und Haferbrei. Am Weihnachtstag war die Mutter krank geworden und musste ins Bett. Die Haut der Kinder nahm die Farbe des Kohlstrunks an. Job war mit ihnen an den Kieselstrand gegangen, auf der Suche nach mageren Muscheln, wie es seine ältesten Vorfahren getan hatten. Das Meer war zu unruhig, als dass er das geringste Sammeln hätte wagen können mit den armseligen Geräten, die er hatte. Während er den Sand umgrub und die Kiesel umdrehte, erinnerte sich der arme Mann daran, dass sein eigener Vater mehrmals um Almosen gebeten hatte, zu Beginn seines Lebens, als die Not im Sumpfgebiet zu stark gewesen war. Ja und, was ist ! Es ist keine Schande. Das Almosen wird mit einem Vaterunser bezahlt und das ist immer noch gut bezahlt. Man ist niemand mehr etwas schuldig. Während der letzten Nacht des Jahres fasste Job seinen Entschluss. Er würde betteln gehen, um seine Kleinen zu ernähren.

Geräuschlos verliess er sein elendes Lager und trat aus der Tür. Die tobenden Winde fegten über das Sumpfgebiet ohne die Schwärze des Himmel auch nur im Geringsten zu stören. Job wählte die Nordostrichtung, dort, wo sich die reichen Dörfer befinden. Er wollte nicht in seiner Pfarrgemeinde die Hand ausstrecken, wenn es möglich war, es anders zu machen. Da er sich selbst und die anderen immer geachtet hatte, hatte er seine besten Beinkleider angezogen und seine Hochzeits-Chupenn angezogen, die ebenfalls die

Hochzeitsweste seines Vaters gewesen war. Man würde schon sehen, dass er arm war, ja sogar arm zum Totschlagen, aber von gutem Geschlecht. Er wünschte nicht Mitleid bei den Leuten zu erregen. Er würde ihnen nur sein augenblickliches Missgeschick erklären. Wenn er es zustande brächte, mit ihrem Beistand eine andere Kuh zu kaufen, dann würde es nicht lange dauern, bis er sich wieder aufrichten könnte. Die Menschen würden verstehen.

Der Tag war kaum angebrochen, als Job die ersten Häuser eines grossen Dorfes erreichte. In der Einöde des Sumpfgebietes, hatte er davon reden hören. Man sagte, dass es dort einen Notar, einen Arzt und drei Gendarmen gab, was gut zeigte, dass die Leute eine gefüllte Geldbörse hatten. Job hatte noch nie mit einem dieser hohen Tiere zu tun gehabt und er hoffte innig, dass er sie sein ganzes Leben lang entbehren könne. Man sagte auch, dass die Bürger jener Gegend nicht die Schlechtesten seien und dass einige von ihnen sogar als gute Christen gelten konnten. Aber wie konnte man jene besagten Christen unter den weniger schlechten der Anderen ausmachen ?

Der Mann aus dem Sumpfgebiet schluckte einen Schluck Speichel unter, um sich Mut zu machen. Und da bemerkte er, dass er einen Bärenhunger hatte und dass seine Knie unter ihm schwach waren. Er musste sogleich an eine Tür klopfen, wenn er nicht auf die Strasse fallen wollte. Er näherte sich einem grossen Haus, wo er Licht erblickte. Genau in dem Augenblick erschallte Gelächter und das Geräusch eiliger Holzschuhe. Es erschien ein Trupp Kinder, die sich auf der Schwelle auf die Knie warfen und sogleich begannen, ihre Wünsche im Chor und mit heller Stimme aufzusagen : „Ein Frohes Neues Jahr für die Menschen des Hauses, viel Glück, ein langes Leben und zum Ende das Paradies.“ Die Tür öffnete sich, eine Frau verteilte Geldstücke, man hörte Danke in allen Stimmlagen und die Kinder rannten weiter. Und da erblickte die Frau Job, unbeweglich zwei Schritte von ihr entfernt. „Frohes Neues Jahr für Euch“, gelang es dem Mann zu sagen. „Und dasselbe für Euch“, antwortete sie. „Ich kenne Euch nicht, aber tretet doch ein, da Ihr nun einmal da seid. Das Haus ist voller Leute und Ihr könnt ruhig dableiben.“

Sie waren vier Männer, am unteren Ende des Tisches vor einer frisch für den Neujahrstag entkorkten Flasche Schnaps sitzend. Am oberen Ende verschlangen drei Kinder ihre Kaffeesuppe aus braunen Schalen. Zwischen den Kleinen und den Grossen befanden sich ein Sechspfundbrot und ein Klumpen Butter auf einem Teller. Beim Anblick von all dem wäre der arme Job fast ohnmächtig geworden. Er hörte nur Frohes Neujahr von allen Hausbewohnern. Man gab ihm ein Glas in die Hand, man schüttete es randvoll mit Schnaps. Prost ! Er sah, wie die Gläser angehoben wurden, er trank seines auf einmal aus, es drehte sich in seinem Kopf. Der Trank verbrannte ihm den Hals von oben bis unten und setzte ihm den Magen in Brand. Er hatte noch Zeit zu sehen, wie das Brot und die Butter sich vor seinen Augen drehten und schon hörte er seine Stirn auf dem Lehmboden aufschlagen.

Als er mit viel Mühe wieder zu sich kam, lag er lang ausgestreckt unter dem unteren Ende des Tisches. Stimmen drangen von oben und weit her zu ihm : „Dieser Mann ist stockbetrunken.“ „Glaubt Ihr ? Wie kann das kommen zu so früher Stunde ?“ „Denkt doch ! Er hat wohl die ganze Nacht bei einer Sauferei zugebracht.“ „Es ist eine Schande.“ „Ihr seid zu gutmütig, Marie-Jeanne. Einem solchen Mistvieh den Neujahrsumtrunk anzubieten !“ „Ich habe nicht gesehen, dass er betrunken war, was wollt Ihr ! Er hatte ein angenehmes Äusseres.“ „Ja, aber seht, wie mager er ist. Es gibt welche, die vom Saufen anschwellen, andere, die austrocknen wie dieser hier.“ „Das ist schrecklich.“ „Das wird Euch lehren, mein Weib, jedem Hergelaufenen Eure Tür zu öffnen.“ „Aber wer zum Teufel ist er ? Ich habe ihn noch nie gesehen.“ „Er ist nicht alt und doch trägt er noch weite Beinkleider.“ „Und eine Chupenn nach alter Mode.“ „Wie wollt Ihr, dass er sich nach der neuen Mode kleidet, wenn er sein Vermögen in den Wirtshäusern versäuft.“ „Es ist gleichgültig. Ich werde ihn nicht hierbehalten. Helft mir, ihn auf die andere Seite der Strasse zu schaffen. Wir werden ihn an das Gras der Böschung lehnen. Das Wetter ist mild. Wenn er Leib und Kopf wieder zusammengefunden hat, wette ich, dass er die Strasse entlang davonlaufen wird ohne der Gesellschaft Auf Wiedersehen zu sagen.“

Die vier Burschen hoben Job ohne viel Rücksicht hoch und sie machten, was sie gesagt hatten. Und jetzt war der arme Teufel unter freiem Himmel, an die gegenüberliegende Böschung gelehnt. Es waren mehr Steine als Gras in seinem Rücken. Um ihn herum kreischten die Kinder, auf ihn mit den Fingern zeigend. Ein betrunkener Mann, kommt schauen ! Frauen blieben stehen, um die Jungfrau Maria als Zeugin anzurufen, wie nichtswürdig bestimmte Menschen sind. Wie konnten sie auch wissen, dass der Bedauernswürdige umgefallen war, weil ein leerer Sack nicht stehen bleibt ! Schon zu lange hatte er gegen seinen Willen gefastet. Das Glasvoll Schnaps genügte, um ihn rundweg umzuhauen. Wie konnten sie auch wissen, dass er noch nie den geringsten Tropfen davon getrunken hatte ! Er kannte nur Haferwein, der Job Ar Chord. Er mochte sterben,da wo er war, in den Boden versinken unter der Last der Schande, die ihn niederdrückte. Aber ein Betrunkener näherte sich ihm, ein echter, der Mitgefühl spürte für Missgeschick, das er gut kannte. Es war ein gut genährter Trunkenbold. Es dauerte nicht lange und er hatte Job aufgestellt. Er stützte ihn, er ermutigte ihn : „Kehrt nach Hause zurück, kleiner Bruder !“ Und der Bursche aus dem Sumpfgebiet erlangte erneut ein wenig Kraft in den Beinen. Unter einem Konzert von Gelächter und Wehgeschrei begann er, den Ort zu durchqueren, ohne zu wissen, wohin er ging. Er wollte es nicht wissen.

Er wusste ebenfalls nicht, dass drei seiner Kinder auf der Suche nach ihm waren. Als er verstohlen seine alte Kate im Sumpfgebiet verlassen hatte, schlief sein Weib nicht. Als es seine Vorbereitungen sah, wurde es von einer wahnsinnigen Besorgnis befallen. Würde Job sie verlassen oder sich selbst zerstören ? Es klopfte mit dem Ende seines Besens an die Decke. Die drei ältesten Kinder, die im Speicher schliefen, kamen herabgestiegen. „Der Vater ist weggegangen,“ sprach es zu ihnen. „Rennt ihm nach, seht wohin er geht, aber lasst euch

Während der letzten Nacht des Jahres fasste Job seinen Entschluss.
Er würde betteln gehen, um seine Kleinen zu ernähren.

nicht sehen. Macht schnell !“ Die Kinder hatten verstanden. Aber der Vater hatte Vorsprung und er lief schneller als sie. Wie stellten sie es an, seiner Spur in der Nacht zu folgen ? Sie liessen sich vom Hundegebell leiten, das den Vorbeimarsch Jobs vor den Bauernhöfen grüsste. Am Ende jedoch verirrten sie sich mehrmals. Als sie in der reichen Ortschaft ankamen, stand die Sonne schon hoch. Bleich, vor Müdigkeit geblendet, zerlumpt, bis unter die Augen beschmutzt vom Schlamm, in den sie auf den Wegen gefallen waren, kamen die drei Kleinen genau an dem Haus an, wo Job in seine Notlage geraten war. „Frohes Neujahr ! Habt Ihr nicht unseren Vater gesehen ?“ „Wie sieht er aus ?“ „Klein und mager, er hat weite Beinkleider, eine blaue Chupenn und einen kurzen Hut.“ „Jungfrau Maria“, sagt die Frau. „Er kam hier vorbei. Kommt doch herein ! Ihr werdet etwas essen, während ich mich erkundige, wohin er gegangen ist.“ Und sie rannte zu den Nachbarn : „Wisst Ihr noch, der Trunkenbold, der heute morgen da war ! Drei seiner Kinder sind da und suchen ihn. Man sieht ihnen an, dass sie sich nicht satt essen, diese armen Engel. Sie sind mitleiderregend.“ „Schickt sie zu uns“, sagten die Anderen. „Wir werden ihnen etwas geben. Es ist ein so grosses Unglück für Kleine, einen Vater zu haben, der trinkt. Und es ist der Neujahrstag.“

Kurz, die Kinder wurden mit Nahrung vollgestopft, quer durch die reiche Ortschaft hindurch. Sie glaubten sich im Paradies angekommen. Man steckte ihnen etliche Sorten essbarer Dinge in Leinentaschen. Man füllte ihnen die Taschen mit Geldstücken aus Bronze und mit Geldstücken aus Silber. Die Frauen weinten aus Mitleid, die Männer waren durch die Neujahrszechereien gerührt. Dadurch sie von Haus zu Haus zogen, fanden die Armen schliesslich ihren Vater wieder, der unter dem Kirchenportal, bewacht von den Statuen der Apostel schlief. Als er die Augen öffnete, erblickte der arme Job Ar Chord seine Kinder, die ihm zulächelten, mit fettigem Mund und ganz rot, weil sie sich bis zum Adamsapfel vollgegessen hatten. Auf der Steinbank neben ihm lag ein Haufen weisser Geldstücke. Der Preis einer Kuh auf dem Markt von Pont-Croix.

DIE JÄTHOSE

Eine herzzerreissende Nachricht ist in Kernivin angekommen : der alte Herr ist in Paris gestorben, in den Händen der grössten Ärzte der Welt. Zuviel Salz in seinem Urin, heisst es. Aber vor allem achtzig Jahre auf dem Buckel. In diesem Alter funktionierte das eine oder andere Organ nicht mehr richtig und oft ist es der „Wasserladen“. Der Herr wusste, dass er daran war, seine letzte Furche zu ziehen. Sechs Monate zuvor hatte er Vincent Penven versichert, dass er den Monat der weissen Strohs (der Monat September) nicht erreichen würde und er hat sich den Dahingeschiedenen am Tag des Marienfestes Mitte August angeschlossen. Wäre er ein armer Mann gewesen, dann hätte man ihm gestattet, in seinem Haus zu sterben, inmitten seiner Felder und seiner Apfelbäume. Er hätte das Geräusch des Meeres auf den Kieseln während seines Todeskampfes gehört, da der Wind fest auf Südwesten ausgerichtet ist. Aber der Herr eines Landsitzes musste grosse Ärzte bezahlen, die seine letzte Züge bewachten, anstelle des wilden Südwestwindes. Das ist der Reichtum ! Jetzt ist er tot und in Paris begraben. Sein Sohn ist dort, unter den hohen Tieren. An irgendeinem Tag wird man vielleicht den Körper nach Kernivin zurückbringen. Das wäre eine gute Tat. Und Jean Plouhinec könnte dann über den Reliquien den Danksagungsgesang anstimmen, Jean Plouhinec, der sich so gut mit Gott dem Herrn unterhalten kann, ob in Lateinisch oder Bretonisch. Amen !

Vincent Penven ist Tagelöhner auf den Ländereien von Kernivin. Sein Vater war es vor ihm und sämtliche Penven seit Menschengedenken. Vincent war niemals von jemand anderem als dem alten Herren abhängig gewesen. Seit fünfzig Jahren war er ihm unterworfen. Unterworfen für die Arbeit, gleichstehend für den Rest und Herr, auch er, in seinem eigenen Haus. Seit jeher haben sie wie gute Nachbarn gelebt, der Reiche gab acht, den Armen nicht zu verletzen, und dieser achtete darauf, seine Stellung zu bewahren, ohne daran zu denken, auf seine Holzschuhe zu steigen. Der Herr kam recht oft, Haferbrei im strohgedeckten Hause Vincents zu essen, jedesmal, wenn er gebeten wurde hinzukommen und er brachte seinen Löffel in seinem Ärmel mit. Der Tagelöhner setzte sich genauso oft an den Tisch des Herrn und er schnitt sich seine Scheibe gesalzenen Speck mit seinem eigenen Messer ab. Im Übrigen war der Arme „rot“, das heisst Republikaner, und der Reiche war „weiss“ und Anhänger irgendeines Königs, obwohl einer seiner nichtadeligen Vorfahren sein Erbteil vergrössert hatte auf Kosten des Adels im Exil, damals, zu Zeiten der grossen Revolution. Das war keinesfalls Politik, sondern ein zwangsläufiger Zustand. Sie waren „rot“ und „weiss“ wie man braunhaarig oder blond ist. Was kann man dagegen machen und warum sich mit scheelem Blick anschauen ? Vincent und der Herr hatten einen geraden Blick aus gegenseitigem Respekt heraus.

Und jetzt ist der Alte gestorben, das Herrenhaus ist an seinen Sohn gegangen. Wer ist dieser Sohn da, der das Land vor dreissig Jahren verlassen hat und der seither nicht oft in der Gegend

Der Tagelöhner setzte sich genauso oft an den Tisch des Herrn ...

gesehen wurde ? Es ist ein gelehrter Mann, vielleicht hat er davon einen geschwollenen Kopf ! Er ist ein Bürger, vielleicht kennt er die Gepflogenheiten ländlicher Gegenden nicht ! Und schlimmer noch, vielleicht hat er sie verlernt !

Heute ist der neue Herr angekommen. Man hat Vincent die Neuigkeit überbracht. Der Tagelöhner nimmt den Weg des Herrenhauses, mit finsterem Gesicht. Seine ganze Familie befindet sich auf der Schwelle, voller Besorgnis, und schaut ihm nach, wie er weggeht. Sie wissen, dass der Vater aus hartem Holz geschnitzt ist und dass er sich nicht biegen kann. Wenn der junge Besitzer ihm nicht gefällt und wenn er von ihm irgendeine Kränkung erfährt, durch Worte oder Taten, dann wird man am Sankt-Michaelstag die Möbel auf den Karren laden und in eine andere Behausung, weit von Kernivin, ziehen müssen.

Vincent hat seine Jäthose angezogen, die der täglichen Arbeit, farblos, formlos, siebenmal geflickt. Auf dem Rücken trägt er ein blaues Hemd, dass den sauren Schweiss der Erntetage in sich behalten hat. Genau wie ein bedürftiger Mensch, trägt der Verwalter in der Achselhöhle einen Hanfsack, der nicht viel zu wiegen scheint. Auf dem Leder seiner Füsse laufend, geht er die Allee hinauf, die zum Herrenhaus führt. Auf der Freitreppe angekommen, hustet Vincent stark, drei- oder viermal. Die Tür öffnet sich und der Herr tritt auf die Schwelle vor. Es ist ein Mann hoher Statur, jung und elegant, aber schon grauhaarig. Er gleicht dem alten Herrn nicht. Eher der Dame, die verstarb, als sie ihn in die Welt setzte. Er lächelt : „Kommt doch herein, Vincent, bitte !“ Vincent räuspert sich : „Ich bin ein zu armer Teufel, um in Euren grossen Wohnraum mit meinen Lumpen und meinen verschmutzten Füssen einzutreten.“ Der junge Herr kommt die Freitreppe bis zum Tagelöhner herab. Er lächelt nicht mehr : „Vincent Penven“, sagt er „hat das Recht in den Wohnraum einzutreten, jedesmal wenn er es wünscht und in dem Zustand, in dem er sich befindet, selbst wenn er gerade Mist gefahren hat.“ Vincent lässt einen langen Seufzer entweichen. Tränen steigen ihm in die Augen. Ohne ein Wort, knöpft er seine Jäthose auf und lässt sie zu Boden gleiten. Darunter trägt er seine Sonntagshose, eine schöne Hose mit Streifen. Dann, zieht er aus dem Hanfsack ein weisses Hemd, eine Jacke aus neuem Tuch und ein Paar Lederschuhe. Vor der Freitreppe von Kernivin und vor den Augen des erstaunten Herren wirft sich jetzt der Bauer in Schale. „Das war nicht nötig“, sagt der Herr. Vincent wirft sich in die Brust und erhebt den Kopf : „Doch, Herr, das ist nötig. Da man mir Ehre erweist, so erweise auch ich Ehre.“

Und der Tagelöhner, die abgeworfene Haut des armen Mannes im Hof liegen lassend, steigt die Freitreppe von Kernivin mit seinem Herrn hinauf, Schulter an Schulter. Sein ganzer Leib zittert vor Jubel, trotz des Knopfes des neuen Hemdes, der ein bisschen eng sitzt.

ZITTERE DOCH, DASS ICH AUCH ZITTERE

Zu den Zeiten, von denen ich Euch erzähle und die schon vor langem von der wölfischen Sonne verschluckt wurden, war der Spiess nicht fett bei den armen Leuten des Landstrichs „Pays Bigouden“. Man lebte von trockenen Pfannkuchen, von Gerstenbrot und dieser Vigiliensuppe, die man die blinde Suppe nannte, da aus ihrem Wasser niemals ein Auge hochstieg, wegen des Fleischmangels. Die Felder mussten vor hungerleidenden Kinderbanden verteidigt werden, die über die ländlichen Wege zogen auf der Suche nach etwas, dass sie in sich hineinschlingen konnten. Im Handumdrehen hätten die ein Rüben- oder Kuhkarottenbeet gesäubert, den Boden so nackt und so glatt lassend, wie die Handfläche einen Notars.

Doch waren es die Schneider und Sticker, die am meisten zu bedauern waren. Zuerst, weil sie nicht das geringste Stückchen Erde besassen, aus dem sie Wurzeln, Blätter oder Körner ziehen konnten. Und dann, weil sie eine grosse Vorliebe für das Essen hatten und eher an gutes als an schlechtes gewöhnt waren. Es blieb den armen Menschen nicht mehr genug Hinterteil, um die Hosen zu füllen und sie wagten sich nicht mehr auf Stein oder Holz zu setzen, aus Angst, sich durchzuscheuern. Welch ein Jammer war es !

Und indessen gab es, in den Wäldern des Gutes von La Coudraie, in Tréméoc, wildes Fleisch, das unter den Bäumen herumrannte und sich in den Erdbauen versteckte. Alle armen Teufel, die vor Hunger in den strohgedeckten Hütten schwarz wurden, träumten davon, diesen Tieren die Haut abzuziehen und mit ihnen das Bratfest zu veranstalten. Aber leider ! Der Herr des Gutes hütete sie lieber, damit er den hohen Tieren, die er dazu einludt, ihn besuchen zu kommen, die Freuden der Jagd anbieten konnte. Seine Wächter lagen Tag und Nacht in den Wäldern auf der Lauer und weh dem Wilderer, der ihnen in die Hände fiel.

Es gab jedoch einen Schneider, der mutig genug war, sein Glück zu versuchen. Sein Hunger auf frisches Fleisch war stärker als seine Angst vor den Wächtern. Eines Tages also schlich sich der Bursche in die verbotenen Wälder, nicht etwa in der Nähe der riesigen Steinsäulen, in die alle möglichen merkwürdigen Fratzen gehauen sind, sondern so weit wie möglich von Herrenhaus entfernt. Und seht, welch ein Pech ! Genau da war es, wo die Wächter auf Spähtrupp waren. Und so wurde unser Jäger selbst zum gejagten Wild. Kaum war er von den Leuten des Gutes gesehen worden, verschwand der Schneider in Windeseile. Und die anderen galoppierten ihm auf seinen Spuren nach. Aber im Rennen konnten sie nicht mit ihm mithalten. Zu dick und zu gut genährt, vielleicht, während er nur seine Haut und Knochen zu schleppen brauchte und zusätzlich zwischen den Schultern noch von der Kraft seiner Angst angetrieben wurde. Er stürzte wie im Flug zum ersten Haus, das vor seine Nase kam und schon war er drinnen, ohne die Tür bemerkt zu haben, seinen Atem aber draussen lassend.

Der Hausherr sass am Tisch und war erst einmal überrascht : „In Gottes Namen, gebt mir ein Loch, in dem ich mich verstecken kann“, sagt der Flüchtende mit dem ihm bleibenden Atem. „Was ist mit Euch passiert, armer Mann ?“ „Sie sind hinter mir her.“ „Wer ?“ „Die Leute des Herrn“ „Na dann steigt in das Schrankbett“, sagt der Andere „neben meine Alte, die sterbenskrank ist.“

Gleich darauf traten die Wächter in das Haus : „Wir verfolgen einen Vagabunden, der versuchte, unserem Herrn Schaden anzutun. Er ist in diese Richtung gekommen. Habt Ihr ihn gesehen ?“ „Ich habe von niemandem auch nur die Farbe gesehen“, sagt der Bauer seelenruhig. „Sucht soviel Ihr wollt im Haus. Hier gibt es nur mich und mein armes Weib, das in seinem Bett vor Quartanafieber zittert.“

Die Wächter warfen eine Blick auf das Schrankbett. Es wackelte furchtbar, da es zugleich geschüttelt wurde von dem Fieber der Alten und der doppelten Angst des Schneiders : der Angst vor den Wächtern und der Angst vor dem grausamen Fieber. Die Burschen zogen sich mit zugeschnürter Kehle und ohne weitere Fragen zu stellen zurück.

Pierre-Jakez HÉLIAS

INHALTSVERZEICHNIS

Dieses Büchlein, Bretonische Geschichten, fasst folgende Texte von Pierre Jakez Hélias, zuvor beim Verlag JOS LE DOARE erscheinen, zusammen:

Contes du sabot à feu (1961);

Contes du Pays Bigouden (1967);

Contes de la Chantepleur (1971).

Druck : Groupe EDITOR - Mâcon Im Avril 2004
für den Verlag JOS LE DOARÉ - 29150 Châteaulin
Ablieferung der Pflichtexemplare : Février 1984 - ISBN : 2-85-543-028-3